Mord im Hasenlager

AF144873

Der Autor

Henry Gerhard (Jahrgang 1961) absolvierte nach dem Abitur eine Ausbildung bei der Bundeswehr zum Infanterieoffizier. Nach mehreren Verwendungen bei spezialisierten Kräften, u. a. als Ausbilder von Einzelkämpfern sowie Offizieranwärtern der Fallschirmjägertruppe, wechselte er 2002 in das Personalmanagement. In diesem Metier machte Henry Gerhard sich u. a. als Dozent und Fachbuchautor einen Namen.
Er lebt mit seiner Familie in Ellwangen/Jagst.

Sein Debüt als Schriftsteller gab Henry Gerhard 2008.

Bisher sind bei Books on Demand GmbH, Norderstedt, von ihm erschienen:

© 2008 „Schüsse an der Heimatfront" (Politthriller)
      ISBN 978-3-8370-4413-3

© 2009 „Zusatzzahl dreizehn" (Kriminalroman)
      ISBN 978-3-8370-2045-8

© 2010 „Tabula rasa" (Kriminalroman)
      ISBN 978-3-8370-2470-8

© 2011 „Keine Tapas an der Jagst" (Kriminalroman)
      ISBN: 978-3-8423-6318-2

© 2013 „Der Tod im Wald" (Kriminalroman)
      ISBN: 978-3-8482-6732-3

Henry Gerhard

Mord im Hasenlager

Ellwangen-Krimi (Band 2)

- Die Fortsetzung von „Keine Tapas an der Jagst" -

<u>Vorbemerkung</u>
Die Charaktere und die Handlung in diesem Kriminalroman sind frei erfunden. Ähnlichkeiten mit real existie-
renden Personen sind rein zufällig und vom Autor nicht
beabsichtigt. Die „gute Stadt" Ellwangen mit ihren beschriebenen Teilorten gibt es natürlich.

Bibliografische Information der Deutschen Nationalbibliothek:
Die Deutsche Nationalbibliothek verzeichnet diese Publikation in der Deutschen Nationalbibliografie; detaillierte bibliografische Daten sind im Internet über http:\\dnb.d-nb.de abrufbar.

Herstellung und Verlag:
BoD - Books on Demand, Norderstedt

ISBN: 978-3-7322-8358-3

1 Im Hasenlager (10. April 2011)

Der nächste Blitz erleuchtete hell den Nachthimmel über Schwabsberg. Zwei Sekunden später grollte der Donner durch die Dunkelheit und übertönte für einen Moment das Rauschen des strömenden Regens. Die Gewitterfront aus Südwesten lud seit etwa vier Stunden ihre nasse Fracht über dem Ostalbkreis ab und konzentrierte sich momentan auf den Raum Ellwangen. Bereits zum dritten Mal in dieser Aprilwoche machte das Wetter diesem Monat alle Ehre. Der nahe gelegene Bucher Stausee war durch die Regenfälle der letzten Tage bereits gut gefüllt worden, verrichtete aber seine Aufgabe als Rückhaltebecken für die Jagst noch zuverlässig. Die Wiesen entlang des Flussufers waren aber schon so mit Wasser getränkt, dass sie bald keine weitere Feuchtigkeit mehr aufnehmen konnten.

Kurt Berger versuchte mit unsicherem Stand die Plane wieder zu befestigen, die der heftige Wind vom noch nicht ganz fertigen Dach des Verwaltungsgebäudes losgerissen hatte. Aufgrund des schlechten Wetters ging es mit dem Umbau nicht so voran, wie Kurt Berger sich das vorgestellt hatte. Gegen das Wetter war aber selbst er machtlos.

„Hilf mir wenigstens! Danach können wir doch über alles reden", rief er gegen den tosenden Wind an.

Sein Gegenüber reagierte aber nicht. Oder wollte nicht reagieren.

„Fass endlich mit an, die ganze Plane fliegt ja gleich weg. Davon hast Du doch nichts!"

Wieder kam keine Reaktion.

Seit geschätzten fünf Minuten befand sich Kurt Berger nun schon nicht mehr alleine auf dem Baugerüst. Gegen 21.00 Uhr war er von seiner Wohnung in Ellwangen zu der Baustelle im Hasenlager nahe Schwabsberg gefahren. Sein Instinkt sagte ihm, dass er bei diesem Gewitter besser hinausfahren sollte, um nach dem Rechten zu sehen. Und tatsächlich hatte sich der Wind schon daran gemacht, einen Teil der Abdeckplane loszureißen, deren Aufgabe es eigentlich war, den neu errichteten Anbau am alten Verwaltungsgebäude solange behelfsmäßig zu schützen, bis die Dachpfannen komplett verlegt waren. Dies war aufgrund des typischen Aprilwetters bisher nicht geschehen.

Kurt Berger hatte sich schon geraume Zeit erfolglos an der Plane zu schaffen gemacht, ehe er sein Gegenüber bemerkte. Das laute Rauschen der das Hasenlager umgebenden Bäume und der prasselnde Regen hatten offensichtlich verhindert, dass Kurt Berger seinen unerwarteten Gast auf das Gerüst klettern gehört hatte.

„Hilf mir endlich! Wir können dann immer noch über alles reden", wiederholte sich Kurt Berger.

„Da gibt es nichts zu reden!", antwortete der Mann und hielt die Mündung der Waffe unverändert in die Richtung von Kurt Berger.

Unbemerkt hatte Kurt Berger nun ein Stück Baustahl ergreifen können, das auf dem Sims einer Fensteröffnung gelegen hatte. Mit einer kurzen Drehung holte er damit aus und bewegte sich gleichzeitig einen Schritt auf seinen ungebetenen Gast zu. Ganz so, als wolle er ihm damit die Waffe aus der Hand schlagen.

Erneut erfüllten Blitz und Donner die stürmische Nacht. Vielleicht hatte Kurt Berger deshalb den Schuss nicht gehört. Ungläubig starrte er auf das kleine Einschussloch mitten in seiner Brust. Er war am Ende seiner beabsichtigten Bewegung am Sicherheitsgeländer des Gerüstes kurz zum Stehen gekommen. Mit dem restlichen Schwung kippte er nun - leicht vorwärts geneigt - darüber, stürzte die etwa sechs Meter vom Gerüst nach unten und drehte sich im Fallen so, dass er schließlich rücklings auf dem Boden liegen blieb.

2 Ellwangen-Rindelbach (01. Oktober 2010)

Frank Reiser öffnete die Tür seiner Wohnung in der Kellerhausstrasse. Wer vor der Tür stand, wusste er, ohne durch den Spion zu schauen.

„Komm rein, Rosie!", forderte er Rosemarie Hertel zum Eintreten auf.

Wortlos ging sie an ihm vorbei ins Wohnzimmer der Wohnung, in der sie sich gut auskannte.

„Ich brauche nicht lang", sagte sie, ohne Frank Reiser dabei ins Gesicht zu sehen.

„Lass Dir ruhig Zeit, Rosie. Ich mach uns in der Zwischenzeit einen Kaffee, okay?"

Ohne eine Antwort stopfte Rosemarie Hertel Kleidungsstücke in den mitgebrachten Koffer. Sie ging damit kurz hinaus und kam mit zwei Umzugskartons wieder zurück. Sie öffnete den Deckel des einen und holte einen Stapel Zeitungspapier daraus hervor. Sogleich begann sie damit, kleinere Gegenstände mit dem Zeitungspapier einzuwickeln und im Karton zu verstauen.

Im Hintergrund deckte Frank Reiser den Esszimmertisch mit Kaffeegeschirr ein und ließ den Kaffeeautomaten aufheizen. Als Rosemarie Hertel den Deckel des zweiten Umzugskartons geschlossen hatte, füllte er am Automaten zwei Tassen Kaffee und stellte sie auf den Esszimmertisch.

„Möchtest Du ein Stück Kuchen dazu, Rosie? Ich habe noch Marmorkuchen."

„Nein!", antwortete Rosemarie Hertel kurz angebunden.

„Hast Du alles?", fragte Frank Reiser, um ein Gespräch mit seiner Ex-Freundin in Gang zu bringen.

„Ja!", antwortete diese, ohne weiter auf ihn einzugehen.

„Rosie, es tut mir leid, dass es so gekommen ist. Ich glaube, ich muss Dir nicht sagen, wie gerne ich Dich habe. Ich kann Dich aber auch verstehen, dass Du sehr böse auf mich bist."

„Kannst Du das wirklich? Ich glaube, Du hast gar nichts verstanden. Ich hätte alles für Dich getan, Frank."

„Das weiß ich, Rosie. Ich weiß das wohl. Und das mit Ellen habe ich für Dich getan. Glaub mir das!"

„Vergiss es Frank! Du warst mit Ellen im Bett und sagst, Du hast das für mich getan? Ich kann das nicht verstehen. Und ich will es auch nicht verstehen."

„Rosie, glaub mir, so war es. Natürlich weiß ich jetzt, dass das falsch war."

„Frank lass das. Ich will es gar nicht wissen. Ich muss jetzt auch gehen. Leb wohl!"

Rosemarie Hertel stand auf und ging zur Tür. Frank Reiser half ihr, die beiden Umzugskartons zum Auto zu bringen und im Kofferraum ihres roten Golfs zu verstauen. Er blickte ihr noch nach, als sie bereits um die nächste Kurve gebogen und aus seinem Blickfeld verschwunden war.

Frank Reiser setzte sich zurück an den Esszimmertisch und grübelte. Bis vor ein paar Monaten war er mit Rosemarie Hertel zusammen glücklich gewesen. Dann hatte Ellen Steiger begonnen, Rosemarie Hertel, der Pächterin ihrer Kneipe „Jackie´s Bar and Lounge", Ärger zu machen. Nun hatte Rosemarie ihre paar Habseligkeiten aus seiner Wohnung abgeholt. Ihre Beziehung war nun auch materiell gesehen beendet.

Frank Reiser tat es sehr leid. Er hatte das auch seiner Ex-Freundin gesagt. Aber er konnte sie auch verstehen. Er konnte Rosemarie Hertel verstehen, wenn sie jetzt nichts mehr mit ihm zu tun haben wollte. Er hatte sie verletzt und das hatte er nun davon. Egal wie edel seine Motive gewesen sein mochten. Sex mit Ellen Steiger war durch nichts zu rechtfertigen gewesen.

3 Ellwangen-Neunheim (06. November 2010)

Verschwitzt rollte sich Thomas Reiser zur Seite. Er setzte sich auf den Plüschsessel in der Ecke des grell rot gestrichenen Zimmers. Thomas Reiser beobachtete die nackte Frau noch eine Weile. Sein Blick blieb vor allem an ihrer beeindruckenden Oberweite hängen. Er blickte kurz auf seine Uhr und zog sich schnell an. Die Stunde mit Iwanka war fast schon rum und er wollte nicht nochmals Geld für gemeinsame Zeit mit ihr ausgeben.

„Und? Wie war Iwanka?", wollte Rudolf Kappel von seinem Gast wissen.

„Ging so", antwortete Thomas Reiser dem Clubbesitzer kurz.

„Ging so? Dir gebe ich gleich ‚ging so'! Meine Mädels sind alle erste Wahl. Nichts ‚ging so'. Du hast wahrscheinlich keinen hoch gekriegt, Reiser. Hab ich Recht?"

Das saß! Das wollte sich Thomas Reiser von Rudi Kappel nicht sagen lassen. Der nächste saß auch. Mit einem Kopfstoß knackte Thomas Reiser das Nasenbein des Bordellchefs, bevor dessen Security einschreiten konnte. Wie auf ein unsichtbares Zeichen verschwanden die Mädchen plötzlich kreischend im Nebenzimmer und zwei breitschultrige Typen bauten sich vor Thomas Reiser so auf, dass er nicht mehr in Richtung Rudolf Kappel nachlegen konnte. Sie griffen ihrerseits aber nicht an, da sich die anderen fünf Gäste des Beluga, allesamt Angehörige des Motorradclubs Rindelbach, schützend zu ihrem Anführer Thomas Reiser gestellt hatten.

„Das wirst Du mir büßen, Reiser! Das wirst Du mir büßen, Reiser!", wiederholte Rudolf Kappel seine Drohung mehrfach und man merkte seiner Stimme an, dass er wütend war.

„Du hättest bei Eurem grünen Baum bleiben sollen, Rudi. Das hier geht anscheinend über Deine Nerven. So geht man mit Kundschaft nicht um, Rudi! So schlecht war die Iwanka nun auch nicht", sagte Thomas Reiser und ging zusammen mit den anderen Bikern rückwärts aus dem Club.

Kappels Security blickte ihnen finster hinterher, ohne jedoch etwas zu unternehmen.

„Wer kommt noch mit ins Jackies?", fragte Thomas Reiser draußen auf dem Parkplatz.

Das war nicht wirklich eine Frage. Die sechs Motorradfahrer starteten ihre Harley-Davidsons und fuhren mit donnernden Motoren aus dem Gewerbegebiet über die Schlossvorstadt in die Bahnhofsstrasse und stellten ihre schweren Motorräder vor ihrer Stammkneipe ab.

„Rosie, eine Runde!", orderte Thomas Reiser im Vorbeigehen bei der Chefin des Jackies, Rosemarie Hertel.

„Wie siehst Du denn aus, Tommie?", fragte sie, als sie die Blutflecke auf dessen Lederjacke sah.

„Der Kappel Rudi hatte gerade etwas Nasenbluten", antwortete Thomas Reiser und ging zur Toilette weiter, um sein gutes Stück wieder sauber zu machen.

„Zappa, was machst Du denn hier?", begrüßte er Matthias Zabert, den Freund seines Bruders Frank, als er von der Toilette wiederkam.

„Ich komme gerade aus Neunheim. Im Beluga soll es eine Schlägerei gegeben haben. Von Motorradfahrern war die Rede. Weißt Du etwas darüber, Tommie?"

Dass Matthias Zabert diese Fragen nicht aus reiner privater Neugier stellte, konnte Thomas Reiser schon alleine daran erkennen, dass dieser wie dessen Kollege in der neuen blauen Dienstkleidung der Polizei von Baden-Württemberg vor ihm stand.

„Zappa, da kann ich Dir leider nicht weiterhelfen. Ich habe nur gehört, dass der Rudi in seinem neuen Puff nicht besonders freundlich zu seinen Gästen ist. Wenn der so weitermacht, kann er das Beluga in ein paar Wochen wieder zumachen. Beluga, wie das schon klingt. Soll das Kaviar sein? Aber der Rudi war immer schon etwas überdreht. Der hätte den grünen Baum von seinen Eltern übernehmen sollen. Mit einer Dorfkneipe kommt der gerade noch zurecht. Der Club im Gewerbegebiet ist vielleicht eine Nummer zu groß für Rudi?", antwortete Thomas Reiser und schmunzelte bei der Betonung des Wortes „Gewerbegebiet".

„Wie dem auch sei. Ich rate Dir, Dich vorerst dort eine Weile nicht sehen zu lassen. Der Rudi ist unberechenbar, wenn er gereizt wird. Das weißt Du doch."

„Zappa, soll ich mich jetzt fürchten?"

„Mach was Du willst. Ich warne Dich nicht als Polizist, sondern als Freund. Als Polizist müsste ich Dich und die anderen mit hinüber in unser Revier nehmen und Euch befragen. Da ihr aber mit der Sache allem Anschein nach nichts zu tun habt, kann ich mir das dann ja sparen, oder?"

„Sehe ich genauso, Zappa."

Ohne ein weiteres Wort verließ Matthias Zabert mit seinem Kollegen das Jackies und ging die paar Meter bis zum Polizeigebäude in der Karlstrasse zu Fuß. Zum zweiten Mal innerhalb von vierzehn Tagen hatte es mit dem Club Beluga im Neunheimer Gewerbegebiet Ärger gegeben. Zuerst hatten Unbekannte die Front des Gebäudes beschmiert und mit Sprühfarbe Worte wie „Schweinerei", „Saustall" und „Weg mit den Huren" gesprüht. Und dann die Schlägerei heute.

„Vielleicht passt ein solches Etablissement nicht nach Ellwangen?", dachte Matthias Zabert.

Aber sicherlich wollte Rudolf Kappel die Gunst der Stunde nutzen und aus der perfekten Lage des Gewerbegebietes Kapital schlagen. Noch gab es für seinen Betrieb keine Konkurrenz. Und der Autobahnanschluss und die vielen einsamen Trucker, die die Firmen im Gewerbegebiet belieferten, schienen als Einnahmequelle für Rudolf Kappel zu verlockend.

„Und das Ordnungsamt hatte den Laden ja schließlich genehmigt", war sich Matthias Zabert sicher.

Trotzdem wollte er heute Nacht nicht gegen die Rindelbacher Biker ermitteln, sondern den Dingen im Beluga ihren Lauf lassen. Der Rest seiner Schicht verlief dann weitgehend ereignislos.

Am nächsten Morgen fuhr er nicht gleich nach Hause, sondern besuchte erst noch seine Schwiegermutter in Schrezheim. Als er vor dem Haus in der Fayencestrasse anhielt, stand dort schon ein blauer VW Caddy vor der Tür. Die gelbe Aufschrift EllSD daran kannte er.

In der Eingangstür begegnete er einem jungen Mann, der freundlich grüßte. Der gelbe Aufnäher an seiner blauen Jacke wies ihn als Mitarbeiter des EllSD, des Ellwanger Seniorendienstes, aus. Anscheinend hatte er schon ausgeliefert, da er Matthias Zabert mit einem leeren, blauen Korb entgegen kam

Seit Mitte August letzten Jahres betrieb Kurt Berger diesen Ellwanger Seniorendienst. Kurt Berger war knapp fünfzig Jahre alt und in Ellwangen geboren. Die letzten zwanzig Jahre lebte er im Raum Stuttgart. Soviel hatte Matthias Zabert über ihn schon herausgefunden. Der Service belieferte Senioren mit Lebensmitteln. Für ältere Menschen, wie die Schwiegermutter von Matthias Zabert, war das eine gute Sache. Vor allem dann, wenn sie in ihrer Beweglichkeit eingeschränkt waren und nicht mehr selbst zum Einkaufen gehen konnten. Die Dienstleistungen des EllSD waren zwar nicht kostenlos.

„Aber was ist schon kostenlos?", dachte Matthias Zabert und ging ins Haus.

Seine Schwiegermutter war trotz ihrer Bettlägerigkeit sichtlich zufrieden und das wirkte sich schließlich auch positiv auf das Nervenkostüm seiner Frau Karola aus.

4 Ellwangen (24. November 2010)

Frank Reiser saß seit knapp zwei Stunden im Sitzungssaal des Ellwanger Familiengerichts. Die Richterin erhob sich. Mit ihr alle anderen Personen im Gerichtssaal. Als die Verhandlung zu Ende war, gab Frank Reiser seiner nun Ex-Frau die Hand und verabschiedete sich von ihr. Wortlos verließ diese mit ihrer Anwältin den Saal. Aus Juliette Beck-Reiser war durch die Scheidung wieder Juliette Beck geworden. Auf den Zusatz Reiser verzichtete sie ab sofort wieder.

Ihre beiden Töchter, Sophie und Julia, waren bei der Verhandlung nicht anwesend gewesen. Von Anfang an war jedoch klar gewesen, dass sie zukünftig bei ihrer Mutter in Stuttgart leben würden, so wie das seit der vorläufigen Trennung ihrer Eltern bisher auch schon der Fall gewesen war.

„Frankie, ich bin so glücklich!", jauchzte Ellen Steiger und gab ihrem Mandanten einen innigen Kuss.

„Eine Ehe wird geschieden und Du bist glücklich? Ist das nicht etwas seltsam?", antwortete Frank Reiser, nachdem er sich aus ihrer Umarmung gelöst hatte.

„Frankie, freu Dich doch! Endlich bist Du die arrogante Schnepfe los. Und ich habe für Dich herausgeschlagen, dass Du nur für Deine Töchter Unterhalt bezahlen musst. Ist das nicht herrlich?"

„Sei doch nicht so hässlich zu Juliette. Schließlich war sie meine Frau und ist die Mutter meiner beiden Töchter. Und arrogant ist sie auch nicht. Schließlich habe ich sie einmal sehr geliebt. Das ist noch gar nicht so lange her. Also erwarte bitte nicht zuviel von mir. Im Übrigen - Juliette verdient ihr eigenes Geld, weshalb sie auf meinen Unterhalt gar nicht angewiesen ist."

„Frankie, lass uns feiern! Wir gehen zu mir!"

Zu Fuß gingen Frank Reiser und Ellen Steiger über den Methodiusplatz in die Bahnhofstrasse zum Hotel zur alten Post. Mit dem Aufzug fuhren sie in die oberste Etage, wo die Wohnung von Ellen Steiger lag.

„Frankie, machst Du den Champagner auf? Ich geh kurz in die Küche."

Als sie zurückkam, hatte sie ein großes silbernes Tablett in der Hand, das mit Kanapees reichlich belegt war. Zwischendurch musste sie auch ihrem Badezimmer einen Besuch abgestattet haben, da sie sich umgezogen hatte und statt ihres Businesskostüms nun den Hauch eines Morgenmantels über ihrer Spitzenunterwäsche trug. Ellen Steiger hatte mit der Scheidung heute ein weiteres Zwischenziel erreicht. Um Frank Reiser ganz für sich zu gewinnen, wollte sie jetzt nichts dem Zufall überlassen.

Frank Reiser war es aber heute nicht zum Feiern zumute. Nach einem Glas Champagner und ein paar Häppchen verabschiedete er sich von Ellen Steiger, ohne die Einladung in ihr Schlafzimmer anzunehmen. Sie musste sich mit einem lustlos vorgetragenen Abschiedskuss von ihm begnügen. Sie hatte heute ihre eigene Ausstrahlung wieder mal überschätzt und war aus Frank Reiser nicht ganz schlau geworden.

Ihre Anwaltskanzlei hatte seine Scheidung durchgeboxt und Ellen Steiger hatte sich dabei auch persönlich stark engagiert. Sie hatte etwas mehr Dankbarkeit von ihm erwartet. Aber Dankbarkeit war noch nie die Stärke der Reiser-Brüder gewesen.

„Vielleicht hat ihn das aber auch einfach nur sehr mitgenommen", dachte sie beim Wegräumen der leeren Champagnergläser.

Ellen Steiger würde Frank Reiser am nächsten Tag zum Abendessen einladen und danach auf ihre Art seine wieder gewonnene Freiheit feiern. Aufgeschoben war nicht aufgehoben. So leicht gab eine Ellen Steiger nicht auf.

5 Ellwangen (26. November 2010)

„Polizeirevier Ellwangen, Polizeioberkommissar Zabert, was kann ich für Sie tun?", meldete sich Matthias Zabert, als sein Dienstapparat klingelte.

„Matze, bist Du das?", fragte der Teilnehmer am anderen Ende der Leitung.

Matze, so war Matthias Zabert schon lange nicht mehr gerufen worden. Diesen Spitznamen hatte er nur während seiner Zeit bei der Bereitschaftspolizei gehabt.

„Charlie?", fragte er nach einer Sekunde zurück.

„Ja, ich bin's, Charlie Hartig", kam als Antwort.

„Charlie, wie geht's? Von Dir habe ich ja eine Ewigkeit nichts mehr gehört. Bist Du nicht in Stuttgart im Innenministerium?"

Matthias Zabert und Karl Hartig hatten vor über zwanzig Jahren mehrere Jahre zusammen bei der Bereitschaftspolizei in Göppingen verbracht, ehe es Matthias Zabert gelungen war, heimatnah nach Ellwangen versetzt zu werden, wo er seither im hiesigen Polizeirevier seinen Dienst versah.

„Matze, Du wirst es nicht glauben. Ab Montag bin ich bei Dir in Ellwangen."

„Und was machst Du bei uns?"

„Ich werde der neue Revierleiter. Dann bin ich Dein neuer Chef. Was hältst Du davon?"

Matthias Zabert war sprachlos. Karl Hartig war also der bisher geheim gehaltene Nachfolger von Polizeioberrat Geiger, dem bisherigen Leiter der Ellwanger Polizei. Ende Dezember würde dieser in Pension gehen, das war schon länger klar gewesen. Der Name des Nachfolgers war allerdings noch nicht bekannt gegeben worden. Es hieß, es gebe drei aussichtsreiche Kandidaten, die sich für die Stelle beworben hatten. Einer davon war Kriminalrat Horst Schimmel von der Aalener Kriminalpolizei, der sich anscheinend Hoffnungen auf den

Dienstposten machen konnte, da er im Sommer bei den Ermittlungen zu der Mordsache Martinez in Ellwangen eine sehr gute Figur abgegeben hatte.

„Hat es für Schimmel also doch nicht gereicht", dachte Matthias Zabert.

„Matze, ich würde am Wochenende gerne mit Dir eine Tasse Kaffee trinken gehen, bevor ich am Montag zur Übernahme meiner Dienstgeschäfte nach Ellwangen komme."

Matthias Zabert überlegte kurz.

„Du, Charlie, das ist prinzipiell eine gute Idee. Wir haben uns lange nicht mehr gesehen. Ich habe aber meiner Karola versprochen, mit ihr ins Allgäu zu fahren. Ihre Schwester kümmert sich dann um meine Schwiegermutter. Ich hab die Berghütte schon vor ein paar Wochen gebucht. Das kann ich nicht so einfach absagen, verstehst Du, Charlie?"

„Ist okay, Matze. Ist Karola Deine Frau?"

„Ja. Und momentan ist sie mit der Betreuung ihrer Mutter ziemlich eingespannt. Da kann sie nur weg, wenn eine ihrer Schwestern einspringt. Und dazu haben die drei auch selten genug Lust."

„Karola hat noch drei Schwestern?"

„Ja und zwei Brüder. Die kümmern sich aber überhaupt nicht um ihre Mutter."

„Ich sehe schon, Du hast es nicht leicht zuhause."

„So schlimm ist es nun auch wieder nicht. Ist alles eine Frage der Einteilung und der Absprache. An diesem Wochenende geht es halt nicht mit dem Kaffee."

„Ist okay, Matze! Wir sehen uns dann am Montag", beendete Karl Hartig das Gespräch.

„Der Charlie Hartig wird mein neuer Chef. Das hätte ich nicht erwartet", grübelte Matthias Zabert und ganz wohl war ihm bei dem Gedanken auch nicht.

Karl Hartig und er waren einmal ganz dicke Freunde gewesen.

6 Hasenlager (11. April 2011)

„Spinnt der jetzt, oder was? Wo will der denn hin? Der kann da doch nicht einfach anhalten. Das geht doch nicht bei diesem Sauwetter", regte sich Frank Reiser über den Fahrer des nun quer vor seiner Nase abgestellten Triumph Spitfire auf.

„Frankie, bleib ruhig!", versuchte Ellen Steiger ihren Mitfahrer zu besänftigen.

„Das ist doch der Brecht von der SchwäPo, dieser Schnösel."

„Der macht doch auch nur seinen Job. Genau wie Du für die Ipf- und Jagst", entgegnete sie.

Bernhard Brecht hatte nun seinen englischen Sportwagen verlassen, um mit dem Polizeibeamten an der Absperrung zu sprechen. Anscheinend unverrichteter Dinge sprang er wieder zurück zu seinem Spitfire und suchte in seinem Wagen Schutz vor dem Regen.

Frank Reiser hatte gegen 06.30 Uhr einen Anruf der Redaktion der Ipf- und Jagst-Zeitung bekommen und hatte sich von seiner Wohnung in Rindelbach aus sofort auf den Weg zum Hasenlager bei Schwabsberg gemacht. Der Geschäftsmann Kurt Berger sei dort tot aufgefunden worden, hieß es. Ursache bisher unbekannt, bestätigte auch ein Anruf bei seinem Freund Matthias Zabert im Ellwanger Polizeirevier. Frank Reiser blieb also nichts anderes übrig, als sich bei diesem Aprilwetter die Informationen vor Ort selbst zu beschaffen. Momentan sah es aber nicht nach Informationen aus. Selbst Bernhard Brecht, der Reporter vom Mitbewerber Schwäbische Post – den Ausdruck Konkurrent mochte der Chefredakteur seiner Zeitung nicht so gerne hören – hatte es trotz seines waghalsigen Überholmanövers nicht geschafft, vor Frank Reiser am Tatort zu sein. Tatort? Oder besser Unglücksort? Frank Reiser wusste es noch nicht.

Wenn Frank Reiser selbst am Steuer seines Mercedes gewesen wäre, hätte Brecht nicht so einfach überholen können. Aber Ellen Steiger wollte unbedingt mit und auch noch selbst fahren. Nun standen sie in der Dunkelheit, etwa hundert Meter von der Einfahrt ins Hasenlager entfernt. Vor ihnen der grüne Spitfire von Brecht, weiter dahinter das Absperrband der Polizei. Im Hintergrund waren deutlich die Halogenstrahler der Feuerwehr zu erkennen, mit denen offensichtlich vor Ort ausgeleuchtet wurde. Im hellen Scheinwerferlicht war auch ganz deutlich der Regen zu erkennen, der schon seit Stunden unaufhörlich herunterprasselte.

„Was macht er denn jetzt?"

Bernhard Brecht hatte die Beleuchtung an seinem Wagen angelassen. Nun, da er den Motor startete, blendete das Bremslicht Frank Reiser heftiger als noch zuvor. Brecht wendete in drei Zügen, bog anschließend auf die Kreisstrasse 3319 in Richtung Ellwangen ein und verschwand in der Dunkelheit.

„Anfänger!", dachte Frank Reiser.

Zwei Stunden später war es hell geworden und das Warten hatte sich für ihn gelohnt. Kurz nacheinander fuhren der Mercedes Vito eines Ellwanger Bestattungsunternehmens und zwei Polizeiwagen aus dem Hasenlager und an Frank Reiser vorbei. Deutlich erkannte er nun seinen Freund Matthias Zabert an der Absperrung.

„Ellen, Du bleibst im Wagen. Es ist besser, wenn Dich niemand sieht", sagte er zu seiner Begleitung.

„Ich will aber mit!", insistierte sie.

„Nein, Ellen! Das ist mein Job. Da kann ich Dich jetzt nicht gebrauchen."

„Das nächste Mal kannst Du selber fahren. Das sage ich Dir", schmollte sie nun.

„Das nächste Mal fahre ich auch wieder alleine", dachte Frank Reiser, als er aus dem Wagen stieg und zu Matthias Zabert hinüberging.

„Guten Morgen, Zappa. Was haben wir denn hier?"

„Böse Geschichte. Kurt Berger ist wohl bei dem Sauwetter auf ein Gerüst geklettert, um eine lose Plane zu befestigen, damit seine Baustelle nicht absäuft. Dabei muss er ins Straucheln geraten und vom Gerüst gefallen sein. Als ob man sich dabei nicht schon genug verletzen könnte, ist er auch noch in ein Stück Baustahl hineingefallen, das ihn regelrecht aufgespießt hat. Wie lange er nach dem Sturz dermaßen gepfählt noch gelebt hat, können wir noch nicht sagen. Als der Pförtner ihn heute Morgen kurz nach 06.00 Uhr so gefunden hat, war er jedenfalls schon tot gewesen. Für ein Fremdverschulden gibt es momentan keinerlei Hinweise. Der ganze Platz ist ein einziger Morast. Die Klamotten der Leiche waren von dem Regen total durchgeweicht. Die Bestatter hatten Mühe, Berger in die Metallwanne zu heben. Mit seinen geschätzten hundert Kilo Körpergewicht wäre er aber auch trocken schon schwer genug gewesen."

„Dann haben wir ja jetzt einen Oberbürgermeisterkandidaten weniger", kommentierte Frank Reiser den Bericht seines Freundes.

„Wie meinst Du das?"

„Hast Du das nicht gewusst? Der Berger wollte diese Woche seine offizielle Bewerbung beim Wahlamt im Rathaus abgeben und bei der Oberbürgermeisterwahl am 15. Mai antreten. Ich habe ihn auch schon interviewt deswegen. Nach Ablauf der Bewerbungsfrist am nächsten Montag bringe ich in der Ipf- und Jagst-Zeitung von jedem Bewerber ein Interview, in dem er sich vorstellen kann."

„Eins kannst Du ja jetzt streichen", bemerkte Matthias Zabert trocken und ohne sichtliche Gefühlsregung.

„Wenn ich ehrlich bin, habe ich ihm keine großen Chancen bei der Wahl eingeräumt. Gegen einen Amtsinhaber anzutreten ist immer schwierig, noch dazu, wenn dieser einen sehr guten Job macht. Hast Du noch was für mich, Zappa?", wollte Frank Reiser wissen.

„Nein. Ich fahre dann auch zurück aufs Revier und schreibe meinen Bericht."

„Alles klar. Und nochmals Danke. Sehn wir uns heute Abend auf ein Bier?"

„Klar! Ich gehe mit Kollegen nach der Schicht noch auf ein Bier ins Jackies. Setz Dich einfach dazu."

„Oh, ich glaube, das ist keine so gute Idee. Ich möchte mich im Jackies nicht sehen lassen, wenn es nicht unbedingt sein muss. Rosie ist immer noch ziemlich sauer auf mich. Ich will sie nicht zusätzlich mit meiner Anwesenheit in ihrem Lokal reizen. Wir könnten ins Journal gehen. Was hältst Du davon, Zappa?"

„Sorry, aber ich habe den Kollegen versprochen, mit ins Jackies zu kommen. Vielleicht ein anderes Mal."

Frank Reiser stieg zu Ellen Steiger in den Wagen und erzählte ihr die Kurzfassung dessen, was er soeben erfahren hatte. Bis zum Abend hatte er genügend Zeit, daraus einen Artikel für die Ipf- und Jagst-Zeitung zu schreiben. Auf dem Rückweg setzte er Ellen Steiger in der Bahnhofstrasse vor dem Hotel zur alten Post ab. Sie wollte sich noch frisch machen, bevor sie in ihre Kanzlei ging.

In seiner Wohnung in Rindelbach sortierte Frank Reiser anschließend die Ausdrucke der Interviews der Oberbürgermeisterkandidaten neu und legte das mit Kurt Berger beiseite. Er würde es nicht mehr brauchen. Dachte Frank Reiser zumindest.

Gegen Mittag hatte er auch schon seinen Bericht zu dem Unfall fertig, der sich gegen 02.00 Uhr auf der Kreisstrasse 3319 in einer Kurve zwischen der Einfahrt zur Reinhardt-Kaserne und der Abfahrt Richtung Ellwangen, Dalkinger Strasse, ereignet hatte. Ein junger Motorradfahrer lag seit dem Unfall in der Virngrund-Klinik im künstlichen Koma.

7 Ellwangen (17. Dezember 2010)

„…versetze ich den Polizeioberrat Karl Hubertus Geiger mit Ablauf des 31. Dezember 2010 in den Ruhestand", verlas Polizeidirektor Spitzer mit feierlichen Worten die Urkunde des Innenministeriums für die Zurruhesetzung des Ellwanger Polizeichefs.

„Meine Damen und Herren, lieber Karl, ich darf Dir für Deinen neuen Lebensabschnitt alles Gute und natürlich vor allem Gesundheit wünschen", beendete Karsten Spitzer die Laudatio auf das Berufsleben seines Untergebenen und langjährigen Freundes.

„Mit Ihnen, Polizeioberrat Hartig, tritt ein Mann in die Fußstapfen des Ellwanger Revierleiters, der sich stets mit Elan und einem gesunden Ehrgeiz neuen Herausforderungen gestellt hat. Sie sind im September 1984 in den Dienst der Bereitschaftspolizei des Landes Baden-Württemberg eingetreten und haben zunächst die Laufbahn des mittleren Polizeivollzugsdienstes absolviert. Als Lehrgangsbester des Auswahllehrganges 1996 wurden Sie dann für die Laufbahn des gehobenen Dienstes zugelassen. Auch hier haben Sie mit herausragenden Leistungen überzeugt. Folgerichtig war in den Jahren danach Ihr Studium an der Hochschule der Polizei in Münster, nach dessen erfolgreichem Abschluss Sie 2003 in den höheren Dienst aufsteigen konnten. In mehreren anspruchsvollen Verwendungen haben Sie das in Sie gesetzte Vertrauen stets gerechtfertigt. Zuletzt waren Sie im Innenministerium in Stuttgart im Dezernat 7.3 für die Bekämpfung der organisierten Kriminalität auf Landesebene zuständig. Meine Damen und Herren, wie Sie sehen, ist Polizeioberrat Hartig für die Verwendung als Revierleiter in Ellwangen gut vorbereitet. Ich wünsche Ihnen viel Glück als Polizeichef und stets eine gute Hand bei der Leitung Ihrer Dienststelle", übertrug

Polizeidirektor Spitzer die Verantwortung als neuer Polizeichef von Ellwangen an Polizeioberrat Hartig.

„Und? Wie ist er so, Dein neuer Chef?", wollte Frank Reiser von Matthias Zabert wissen.

„Da kann man noch nicht viel sagen. Er ist doch erst seit ein paar Wochen hier. Ab heute ist er alleine verantwortlich. Da wird man sehen, was er drauf hat."

„Ihr duzt euch?"

„Der Charlie und ich waren zusammen bei der Bereitschaftspolizei. Aus der Zeit duzen wir uns. Er wollte das beibehalten. Die Kollegen wissen Bescheid."

Frank Reiser hatte das obligatorische Übergabefoto schon im Kasten und wollte beim anschließenden Empfang für geladene Gäste nicht mehr bleiben, obwohl er für die Ipf- und Jagst-Zeitung eine Einladung dazu bekommen hatte. Wie es schien, war der neue Polizeichef an guten Beziehungen zur Presse interessiert. Genauso, wie sein Vorgänger daran interessiert gewesen war.

Am Nachmittag wollte sich Frank Reiser noch mit seinem älteren Bruder Thomas in ihrem Elternhaus in Rindelbach treffen. Frank Reiser hatte das Haus in der Schönauer Strasse mittlerweile verkauft. Zum ersten Januar wollten die Käufer einziehen. Vor Weihnachten war also die letzte Möglichkeit, noch Einrichtungsgegenstände zu sichten, bevor der Rest den Weg allen Irdischen in Richtung Sperrmüll ging. Zwar waren schon sämtliche Zimmer leer geräumt worden. Die Entrümpelung des Dachbodens stand jedoch noch aus. Mit einem gemieteten VW Transporter wollten die Reiser-Brüder den restlichen Nachlass ihrer Eltern abtransportieren. Ein Erinnerungsstück würde dabei besonders schwer wiegen.

8 Hasenlager (11. April 2011)

„Sie können da nicht rein, Herr Reiser", versuchte Fritz Sporrer, der Wachmann am Eingang des Hasenlagers, höflich, aber bestimmt aufzutreten.

„Ich schreibe für die Ipf- und Jagst-Zeitung. Sie kennen mich doch. Wollte mich nur etwas an der Unglücksstelle umsehen. Ich bräuchte noch ein Tatortfoto. Dann wäre mein Bericht authentischer. Danach gehe ich auch gleich wieder."

„Sie müssen sich aber beim Pförtner im Verwaltungsgebäude melden."

„Kein Problem. Mache ich. Ich finde den Weg", beschwichtigte Frank Reiser den Wachmann, dessen Aufgabe anscheinend eher darin bestand, den Besucherverkehr zu lenken, als ungebetene Gäste am Betreten der Anlage zu hindern.

Zum Glück hatte es aufgehört zu regnen. Sonst wäre Frank Reiser gar nicht hierher gefahren. Zweimal hatte er heute schon seine Kleidung wechseln müssen. Das erste Mal war er mitten in der Nacht bis auf die Haut durchnässt gewesen, als er etwa zwei Stunden an einer Unfallstelle ganz in der Nähe verbracht hatte. Der 20-jährige Motorradfahrer Thomas Holzner aus Eggenrot hatte auf der K 3319 kurz nach der Abzweigung Dalkinger Strasse mit hoher Geschwindigkeit einen Pkw überholt. Beim Einscheren nach dem Überholvorgang war er ins Schleudern gekommen und in der darauf folgenden Rechtskurve geradeaus in Richtung einer angrenzenden Wiese gefahren. Beim Überqueren einer dort vorhandenen Bordsteinkante verriss es ihm - nach Zeugenaussagen - den Lenker seiner Enduro, sodass er auf der Wiese stürzte und schwer verletzt liegen blieb. Nach ersten Untersuchungen trug er schwere Wirbelsäulenverletzungen davon. Deshalb wurde er auch in ein künstliches Koma versetzt. Sein Zustand war zu dem Zeitpunkt immer noch kritisch gewesen, an dem Frank Reiser sich am späten Vormittag telefonisch in der Virngrund-Klinik nach ihm erkundigt hatte.

Frank Reiser kannte sich aus im Hasenlager. Anfang der Neunziger Jahre hatte er in der Ellwanger Reinhardt-Kaserne seinen Grundwehrdienst absolviert. Als Angehöriger der Stabskompanie des Panzergrenadierbataillons 302 war Frank Reiser mehrfach zu Gefechtsstandübungen in dem Mobilmachungsstützpunkt an der Kreisstrasse zwischen Ellwangen und Dalkingen gewesen. Damals war dort in drei großen Hallen das Material einer Reservelazarettgruppe für den nächsten großen vaterländischen Krieg eingelagert gewesen. Und unter drei großen Schleppdächern standen einige stillgelegte Sanitätsfahrzeuge herum. Zu Friedenszeiten sorgten lediglich zwei Soldaten und drei Zivilisten dafür, dass das eingelagerte Material nicht vergammelte und für Übungen und den Ernstfall einsatzbereit blieb. Da dieser Mob-Stützpunkt, wie er im Landser-Jargon abgekürzt hieß, von keiner zivilen Bebauung, sondern nur von Wald umgeben war, hatte er seinen Namen bald weg gehabt. In Ellwangen und Umgebung wusste ziemlich jeder, was mit dem Begriff Hasenlager gemeint war.

Nach der politischen Wende 1990 wurden derartige Mob-Stützpunkte bald überflüssig. So stand das Gelände bereits mehrere Jahre leer, als Kurt Berger Mitte 2009 darin eine Basis einrichtete für seine neuen unternehmerischen Aktivitäten im Raum Ellwangen, den Ellwanger Seniorendienst. Frank Reiser hatte im August mit einem längeren Artikel auch darüber berichtet.

Seit der Zeit hatte sich einiges verändert. Der kleine Flachbau gleich rechts neben dem Haupttor, das ehemalige Verwaltungsgebäude des Stützpunkts, hatte sich mittlerweile zu einem stattlichen Gebäude gemausert. Das Gebäude wurde auf drei Stockwerke erhöht und in der Länge um einen Anbau vergrößert. Die Baumassnahme war noch nicht abgeschlossen. Überall standen noch Gerüste. Die Wände waren zum Teil noch nicht verputzt. Am Anbau fehlte noch die Dachdeckung.

Dort musste es passiert sein! Absperrbänder der Polizei wiesen Frank Reiser den Weg. Der Regen hatte jedoch nicht mehr viele Spuren übrig gelassen. Frank Reiser machte mit seiner Digitalkamera ein paar Aufnahmen. Ein dunkler Fleck zwischen Gerüst und Absperrband ließ erahnen, wo der tote Kurt Berger gelegen haben könnte. Es wäre doch besser gewesen, Matthias Zabert mitzunehmen, dachte Frank Reiser.

Er bog um die Ecke und konnte unter den Schleppdächern insgesamt zehn blaue VW Caddy erkennen, die alle mit der gelben Aufschrift EllSD versehen waren. Niemand war zu sehen. Frank Reiser ging zum ersten Lagergebäude mit dem Schild „Eingang" am großen Tor. Aus seiner Bundeswehrzeit wusste er, dass die drei Lagergebäude durch Türen miteinander verbunden waren. Er musste also nur hineingehen und kam von dort in alle Gebäudeteile.

„Was wollen Sie hier?", stoppte ihn eine laute Stimme, die aus der Pförtnerloge neben dem Eingangstor drang.

„Mein Name ist Reiser. Ich bin Redakteur der Ipf- und Jagst-Zeitung und ich schreibe über den Todesfall Ihres Chefs einen Bericht", antwortete Frank Reiser und hielt seinen Presseausweis in Richtung des Pförtners.

„Sie können hier nicht rein!", wies dieser ihn ab und war dazu aus seinem vier Quadratmeter großen Käfig heraus gekommen.

„Vielleicht darf ich Ihnen zum Tod von Kurt Berger ein paar Fragen stellen?"

„Nein, dürfen Sie nicht! Und Sie verlassen jetzt sofort das Gelände! Sie haben hier nichts zu suchen."

„Na, dann eben nicht!", kommentierte Frank Reiser die mangelnde Auskunftsfreudigkeit des Pförtners.

Er machte sich auf den Weg zurück zum Haupttor und wurde dabei durch den Pförtner misstrauisch beäugt, der sichergehen wollte, dass der Reporter zwischen Lagergebäude und Haupttor nicht „verloren ging".

Frank Reiser verbrachte noch einige Minuten in seinem Mercedes, den er gegenüber dem Haupttor auf einem Waldweg geparkt hatte. Von seinem Platz aus konnte er nun beobachten, wie der Pförtner sich lautstark mit dem Wachmann auseinandersetzte. Beide hatten anscheinend eine unterschiedliche Wahrnehmung über die Zutrittsberechtigung von Reportern, was sie jetzt lautstark ausdiskutierten.

Viel hatte der Ausflug ins Hasenlager nicht gebracht. Frank Reiser startete seinen Wagen und fuhr zur Redaktion der Zeitung in die Aalener Strasse. Er wollte dort in Ruhe seine heutigen Berichte eingeben. An seinem Arbeitsplatz formatierte er den Text seines Artikels und formulierte eine Bildunterschrift zu dem ausgewählten Tatortfoto-. Zusätzlich wurde das Ganze noch mit einem neueren Porträtbild von Kurt Berger illustriert.

„Tod im Hasenlager", titelte er seinen Artikel über den Unfalltod des Ellwanger Unternehmers und erwähnte im Text auch den Umstand, dass Kurt Berger vorgehabt hatte, als Oberbürgermeisterkandidat bei der Wahl am 15. Mai anzutreten. Die drei Sätze zum Ellwanger Seniorendienst hatte er kurzerhand seinem Artikel vom August letzten Jahres entnommen. Wie es mit dieser Firma, die eigentlich ein Verein war, nun weitergehen würde, darüber wusste Frank Reiser noch nichts Näheres. Deshalb wollte er in seinem Zeitungsbericht darüber in diesem Zusammenhang auch nicht spekulieren. Frank Reiser hatte sich aber bereits fest vorgenommen, an der Sache dranzubleiben. Beim nächsten Besuch würde ihn kein Pförtner abwimmeln.

9 K 3319 (10. April 2011)

Thomas Holzner beschleunigte seine KTM-Enduro im vierten Gang. Im schwachen Scheinwerferlicht konnte er die Abfahrt zur Dalkinger Strasse erkennen. Er wollte aber heute nicht an der Virngrund-Klinik vorbei in die Stadtmitte fahren. Heute Nacht wollte er so schnell wie möglich nach Hause nach Eggenrot.

„Die Drecksau hat den Tod verdient! Die Drecksau hat den Tod verdient!", kreiste ein einziger Gedanke während der Fahrt immer wieder durch seinen Kopf.

Die Drecksau, das war in diesem Fall Kurt Berger, der Arbeitgeber seiner Freundin, Susanne Thamm. Wieder war sie am Freitag heulend von der Arbeit nach Hause gekommen. Den für diesen Abend geplanten Kinobesuch in Aalen hatte sie per SMS abgesagt, ohne Thomas Holzner irgendwelche Gründe zu nennen. Stinksauer war er am Samstag zu ihr nach Dalkingen gefahren. Erst als er sie zur Rede gestellt hatte und mit Trennung gedroht hatte, rückte sie mit der Sprache raus.

Thomas Holzner zitterte vor Erregung, als er die Geschichte gehört hatte. Jetzt war ihm plötzlich klar geworden, warum sich seine Freundin in den letzten Wochen so verändert hatte. Er hatte schon geglaubt, sie hätte einen Anderen. Er war ihr nachgefahren. Hatte sie an ihrem Arbeitsplatz im Hasenlager bei der Firma EllSD abgesetzt und abends wieder abgeholt, um kontrollieren zu können, mit wem - außer ihm - sie Umgang hatte. Und jetzt diese Geschichte. Er bebte vor Zorn. Diese Drecksau!

„Was sollte ich denn machen?", fragte Susanne Thamm immer wieder wie zur Entschuldigung.

„Am Anfang hat er mich im Vorbeigehen nur leicht berührt. Der Platz zwischen der Tür und meinem Schreibtisch ist ziemlich knapp", fuhr sie fort.

„Ich habe mir nichts gedacht. Später glaubte ich an Zufälle, wenn er mit seiner Hand an meinem Po vorbei wischte und mich unmerklich berührte. Vor Weihnachten hat er mich dann zum ersten Mal an den Schultern berührt und angefangen, meinen Nacken zu massieren. Als ich ihm sagte, dass ich nicht verspannt wäre, hat er sofort aufgehört. Er ist doch mein Chef!", fing Susanne Thamm an zu schluchzen.

„Ich konnte doch nichts machen. Wer glaubt denn einer Auszubildenden im ersten Ausbildungsjahr? In der letzten Woche kam er dann von hinten an mich ran und umarmte mich. Dabei knetete er meine Brüste und gab stöhnende Laute von sich. Ich bin dann heulend davongelaufen. Er kam mir sogar auf die Damentoilette hinterher und sagte, ich solle ja niemandem etwas davon erzählen. Man würde mir nichts glauben. Er sei ein unbescholtener Geschäftsmann. Und ich würde meinen Job verlieren. Ich hatte solche Angst!"

Thomas Holzner überholte den Opel Corsa ohne zu blinken. Aufgrund des starken Regens konnte er die Fahrbahn nur schlecht erkennen. Aber er musste sich nicht orientieren. Die Strecke von Dalkingen nach Ellwangen kannte er auswendig. Eine scharfe Rechtskurve und dann ging es auf einer langen Geraden in Richtung Südtor der Reinhardt-Kaserne. Dort abknickende Vorfahrt um neunzig Grad nach links und dann nach rechts auf die B 290 bis zum Schrezheimer Kreisel.

Ganz in Gedanken hatte Thomas Holzner die Wasserlache auf der Strasse erst wahrgenommen, als sein Motorrad schon zu schlingern anfing. In die Rechtskurve konnte er sich nun nicht mehr legen, sonst würde er stürzen. Bremsen ging bei der Nässe auch nicht.

„Also geradeaus in die Wiese!", dachte er.

Mit einem Ruck verriss es ihm den Lenker. Er hatte die Bordsteinkante übersehen!

10 Rindelbach (20. Dezember 2010)

Frank Reiser hatte den VW Transporter gegen 07.30 Uhr bei der Autovermietung abgeholt und war nach Neunheim zu der Motorradwerkstatt gefahren, in der sein älterer Bruder arbeitete. Aufgrund der bereits lange beendeten Motorradsaison hielt sich das Arbeitsaufkommen dort momentan in Grenzen. Thomas Reiser konnte deshalb einen Tag frei nehmen, ohne dass sein Arbeitgeber groß was dagegen hatte. Vorbei an den Schnellrestaurants und der Tankstelle bog Frank Reiser an der Ampel nach rechts ab und fuhr mit dem Mietwagen in Richtung Ellwangen. Vorbei am Kressbachsee ging es nach Rindelbach. In der Schönauer Strasse angekommen, stellte Frank Reiser den Kombi rückwärts in die Hofeinfahrt.

„Wie geht es eigentlich bei Dir weiter, Frankie?", begann Thomas Reiser, der bisher schweigend auf dem Beifahrersitz neben seinem Bruder gesessen hatte.

„Du, das weiß ich noch gar nicht so genau. Von Juliette bin ich geschieden. Die Mädels bleiben bei ihr in Stuttgart. Der Rohbau im Wannenfeld ist verkauft. Das Haus hier ist verkauft. Meine Beziehung mit Rosie ist in die Brüche gegangen. Eigentlich könnte ich sagen, mich hält in Ellwangen nichts mehr."

„Und Dein Job bei der Ipf- und Jagst-Zeitung?"

„Ach, weißt Du, das mach ich nur, damit es mir nicht langweilig wird. Eigentlich müsste ich wieder nach Stuttgart zurück, um beim Verlag mein nächstes Buch abzuliefern."

„Und warum machst Du es nicht? Wegen Ellen?"

„Hör mir auf mit Ellen! Die ist doch Schuld an dem ganzen Schlamassel mit Rosie."

„Und warum bist Du dann mit ihr zusammen?"

„Die Ellen wollte mich schon immer haben. Und jetzt lässt sie mich nicht mehr los. Eigentlich ganz praktisch. Ich hab momentan keinen Bock auf eine Beziehung. Nach der Pleite mit Rosie bräuchte ich eine Pause. Die lässt mir Ellen aber nicht. Die geht richtig ran."

„Dann jag sie doch zum Teufel!"

„Das ist leichter gesagt, als getan."

„Ich versteh schon. Was macht man nicht alles für einen guten Fick. Würde ich an Deiner Stelle genauso machen. Du musst nur rechtzeitig abspringen, bevor sie Dich am Wickel hat."

„Lass uns die Sachen aussortieren. Ich will nicht mehr über Weiber reden."

„Scheiß Weiber!", bestätigte Thomas Reiser.

Über zwei Treppen stiegen sie auf den Dachboden ihres Elternhauses. Beide hielten kurz inne, als sie die Sachen stehen sahen. Thomas Reiser ging in die hintere Ecke, wo ein größerer Gegenstand mit einem alten Teppich abgedeckt war. Er blieb davor stehen.

„Willst Du sie nehmen?", fragte Frank Reiser.

„Scheiße, ich hab keinen Platz dafür!", antwortete Thomas Reiser und zog den Teppich weg.

Andächtig betrachteten sie das Wrack der Ducati, mit der ihr Bruder Lukas vor über sieben Jahren bei einem Unfall gestorben war. Zusammen mit seiner Freundin Patrizia. Die vergangenen Jahre über hatten sie es nicht übers Herz gebracht, dieses traurige Erinnerungsstück an ihren Bruder zu verschrotten.

„Du könntest sie in Deiner Werkstatt wieder aufbauen. Im Winter läuft doch dort oben eh nicht viel. Bis zum Frühjahr bist Du sicher fertig damit."

„Möchtest Du dann damit fahren?"

„Das habe ich mir noch gar nicht überlegt."

„Ich möchte nicht damit fahren. Sie hat schon einem von uns Unglück gebracht."

„Tommie, Du bist doch nicht abergläubisch, oder?"

„Das hat nichts mit Aberglauben zu tun oder so. Ich hätte nur ein ungutes Gefühl, auf der Maschine zu sitzen, mit der unser Bruder gestorben ist. Ganz einfach!"

„Okay. Dann lassen wir das. Wir schaffen sie zu mir in die Kellerhausstrasse. In meiner Scheune ist noch Platz. Dann können wir später immer noch überlegen, was wir damit machen."

Sechs Stunden später war ihr Elternhaus übergabefähig. Die meisten Sachen vom Dachboden standen jetzt in Kartons verpackt auf dem Gehweg neben der Hofeinfahrt. Am folgenden Tag würde der Sperrmüllwagen der GOA anrücken und den ganzen Kram entsorgen. Nur ganze vier Kartons mit Erinnerungsstücken verstauten sie noch zusammen mit den Überresten der Ducati auf der Ladefläche des VW Transporters. Frank Reiser brachte alles bis auf weiteres in der gemieteten Scheune neben seiner Wohnung in der Kellerhausstrasse unter. Bis auf weiteres. Genauso wenig, wie er wusste, was er langfristig mit dem Zeug anfangen sollte, genauso wenig wusste er, wie sein Leben in Ellwangen weitergehen würde. Die Fragen seines älteren Bruders hatten ihm klargemacht, dass er auf die wichtigen Fragen zurzeit keine Antworten hatte.

War es mit Rosemarie Hertel wirklich aus? In seinem Herzen stand ein Nein. Ob Rosemarie das auch noch so sah? Oder hatte sie ihn endgültig abgeschrieben?

War sein Nebenjob bei der Ipf- und Jagst-Zeitung etwas auf Dauer? Wollte er nicht viel lieber wieder als Journalist in Stuttgart arbeiten? Lieber als hier in der Provinz? Frank Reiser wusste es nicht.

Und Ellen Steiger? War es ihm ernst mit ihr? Oder war es Ellen überhaupt ernst mit ihm? Oder benutzte sie ihn nur? Er war mit Rosie zusammen und für Ellen unerreichbar gewesen. In einer schwachen Stunde war er mit Ellen zusammen und anschließend war Rosie weg. Ellen hatte erreicht, was sie wollte. Ellen konnte sehr berechnend sein. Sie wollte 2011 für das Amt des Oberbürgermeisters kandidieren. War es da nicht gut für sie, die Lokalpresse auf ihrer Seite zu haben? Oder liebte sie ihn wirklich? Frank Reiser wusste auch das nicht.

Zumindest um seine materielle Zukunft musste er sich keine Sorgen machen. Der Verkauf seines Rohbaus im Wannenfeld und des Elternhauses in der Schönauer Strasse hatte über eine halbe Million Euro eingebracht. Hundertfünfzig Tausend davon musste er an seinen Bruder Thomas abgeben. Aber was war schon Geld? Geld hatte keinen Wert für Frank Reiser. Es kam darauf an, was man damit machte. Erst dadurch entwickelte sich der Wert des Geldes. Diese Gedanken kreisten wirr durch den Kopf von Frank Reiser.

Er legte die leere Flasche Jack Daniels zur Seite und schlief in der Scheune sofort ein. Immer wenn er an seinen toten Bruder denken musste, wurde er sentimental. Immer wenn er sentimental wurde, trank er Alkohol, ohne auf die Menge zu achten.

„Ist das kalt hier!", durchfuhr es ihn, als er wieder wach geworden war.

Frank Reiser wusste nicht mehr genau, wann er neben der Ducati eingeschlafen war. Er wusste aber jetzt, dass es im Dezember in der Scheune viel zu kalt war, um darin zu übernachten. Mit zitterndem Körper ging er in seine Wohnung hinein und stellte sich im Bad minutenlang unter die heiße Dusche. Langsam taute sein durchgefrorener Körper wieder auf. Für die Rückgabe des Mietwagens war es längst zu spät geworden. Das konnte Frank Reiser auch noch am nächsten Tag erledigen, wenn er wieder nüchtern genug dafür war.

In seinem derzeitigen Zustand wollte er nur noch schlafen. Schlafen. Schlafen. Schlafen.

Und Weihnachten stand auch schon vor der Tür.

11 Stadthalle Ellwangen (06. Januar 2011)

Am Ende seiner Rede dankte der Oberbürgermeister dem Musikverein Rindelbach für die musikalische Umrahmung des diesjährigen Neujahrsempfangs der Stadt Ellwangen.

Aufgrund des schlechten Wetters war die Stadthalle dieses Jahr nicht so gut gefüllt gewesen wie in den Vorjahren. Die Eisglätte auf den Strassen rund um die Große Kreisstadt hatte wohl einige Bürger doch davon abgehalten, der Einladung des Oberbürgermeisters Folge zu leisten.

Für den Erhalt der Bundeswehr am Standort und eine solide Haushaltspolitik wolle er sich im noch jungen Jahr 2011 einsetzen, betonte das Stadtoberhaupt in seiner Ansprache.

„Besonders begrüßen darf ich auch Herrn Polizeioberrat Karl Hartig, den neuen Revierleiter unserer Ellwanger Polizeidienststelle. Herr Hartig, seien Sie uns herzlich willkommen!", erwähnte er darin auch den Personalwechsel an der Spitze der Ellwanger Polizei.

Karl Hartig nickte dem Oberbürgermeister dabei höflich zu und grüßte auch freundlich in die Runde der übrigen Anwesenden. Bisher war sein Einstand in Ellwangen rundherum gelungen. So wie Karl Hartig sich das vorgestellt hatte.

„Und ich bedanke mich im Namen der Bürgerstiftung Ellwangen für die Spende des Ellwanger Seniorendienstes e. V. in Höhe von zweitausend Euro. Herr Berger, ich bedanke mich für dieses beispielhafte karitative Engagement auch im Namen der Ellwanger Seniorinnen und Senioren. Die Leistungen, die Ihr Verein anbietet, geben unseren älteren Mitbürgerinnen und Mitbürgern auch ein Stück weit Lebensqualität zurück."

Auf dieses Stichwort hin übergab Kurt Berger symbolisch ein überdimensionales Scheckformular, auf dem der Spendenbetrag deutlich sichtbar aufgemalt war. Nach dem Blitzlichtgewitter der Pressefotografen verließ er die Bühne der Stadthalle wieder und ging zurück an seinen Stehtisch.

Eine Stunde später leerte sich der Festsaal langsam. Polizeioberkommissar Zabert lehnte am Kotflügel seines Dienstfahrzeuges, das er neben dem Eingangsbereich der Stadthalle demonstrativ abgestellt hatte. Von seinem Platz aus hatte er die Menschenmenge im Blick, die nun dem Parkplatz Schießwasen zustrebte, auf dem die meisten Besucher des Neujahrsempfangs zweckmäßigerweise ihr Auto abgestellt hatten. Sein Chef stand direkt neben der linken Eingangstür.

„Herr Hartig, so sieht man sich wieder. Wenn ich ehrlich sein soll, hätte ich aber nicht gedacht, dass ein so ehrgeiziger Polizeibeamter wie Sie die Landeshauptstadt verlässt, um in der Provinz den Sheriff zu spielen. Oder sind Sie nicht freiwillig hier?", bemerkte Kurt Berger, als er beim Hinausgehen kurz auf Höhe von Karl Hartig stehen blieb.

„Was wollen Sie damit sagen, Berger? Ich hätte Sie beinahe gekriegt. Also spielen Sie nicht den großen Max. Karitatives Engagement! Dass ich nicht lache. Ich finde schon noch heraus, was da dahinter steckt. Das verspreche ich Ihnen!"

„Ich muss Ihnen Recht geben. Sie hätten mich beinahe gekriegt. Beinahe! Aber - wie Sie wissen - bin ich ein unbescholtener Bürger, der brav seine Steuern zahlt. Also lassen wir es dabei bewenden. Die Ellwanger Bürger müssen trotzdem ja nicht gleich erfahren, wen sie da als neuen Polizeichef bekommen haben", antwortete Kurt Berger und streckte seine rechte Hand vor.

Wortlos ließ ihn Polizeioberrat Hartig stehen und stieg in den Dienstwagen. Im Schritttempo lenkte Mathias Zabert den Mercedes nach links auf die B 290 und brauste dann in Richtung Norden davon.

12 Ellwangen (12. April 2011)

„Das gibt´s doch nicht! Ich glaube, ich spinne! Reiser, warum haben wir die Story nicht? Sind Ihre Kontakte zur Polizei doch nicht so gut, wie Sie immer behaupten?", brüllte der Chefredakteur, ohne eine Antwort von Frank Reiser abzuwarten.

Auf dem Tisch des Redaktionsleiters lag die druckfrische Ausgabe der Schwäbischen Post.

„Mord im Hasenlager", titelte dort Bernhard Brecht in seinem Artikel über den Tod von Kurt Berger und bezog sich in seinen Schlussfolgerungen auf den Obduktionsbericht der Kripo Aalen.

Wortlos verließ Frank Reiser die Redaktion und fuhr zum Polizeirevier in der Karlstrasse, um bei seinem Freund Matthias Zabert mehr darüber zu erfahren.

„Der Zappa hat kurzfristig frei genommen. Seine Schwiegermutter ist gestorben. Wann er wieder im Dienst ist, weiß ich nicht", beantwortete der Diensthabende kurz und bündig seine Frage nach der Erreichbarkeit von Matthias Zabert.

„Das ist jetzt aber blöd!", dachte Frank Reiser.

Jetzt, wo er seinen Freund gerade als Informationsquelle so dringend gebraucht hätte, war der nicht da. Er wusste zwar, dass die Mutter von Karola Zabert in letzter Zeit in einem immer schlechteren Gesundheitszustand gewesen war. Dass sie jetzt verstorben war, überraschte Frank Reiser aber doch.

„Da kann man nichts machen. Das war wahrscheinlich auch der Grund dafür gewesen, dass Zappa mich nicht über den Obduktionsbericht informieren konnte. Jetzt muss ich halt den offiziellen Weg über den Pressesprecher der Dienststelle gehen", grübelte er.

„Nein. Zum jetzigen Stand der Ermittlungen kann ich Ihnen darüber nichts sagen. An den Spekulationen der Schwäbischen Post können und wollen wir uns nicht beteiligen", war die kurz angebundene Auskunft vom Pressesprecher, Polizeihauptkommissar Paul Schreder, gewesen, der Frank Reiser damit nicht wirklich weitergebracht hatte.

Unverrichteter Dinge machte sich Frank Reiser erneut auf den Weg ins Hasenlager. Aus dem Unglücksort war jetzt offensichtlich ein Tatort geworden. Vielleicht gab es vor Ort irgendetwas Interessantes.

Aus seinem gestrigen Besuch dort konnte er schließen, dass er über den Haupteingang keine neuen Erkenntnisse bekommen würde, weshalb er seinen Mercedes in einem Waldweg abstellte und sich von dort aus durch ein dichtes Gestrüpp hindurch der Umzäunung des Hasenlagers näherte.

„Shit!", flüsterte Frank Reiser, als er fast schon die hintere Einfahrt des Areals erreicht hatte.

Damit meinte er aber nicht den wieder einsetzenden Dauerregen, der ihm an der Kapuze seines Regenmantels entlang ins Gesicht lief, sondern Bernhard Brecht, der offensichtlich dieselbe Idee gehabt zu haben schien. Hinter einem Holzstapel ging Frank Reiser in Deckung und beobachtete seinen jungen Berufskollegen.

„Na warte!", dachte er und warf einen Stein in die Richtung des Drahtzauns.

Der Aufschlag des Wurfgeschosses im Gebüsch hinter dem Zaun erzeugte ein knackendes Geräusch, worauf sich Bernhard Brecht verdutzt umsah. Nun warf Frank Reiser einen weiteren Stein, der außerhalb der Blickrichtung des SchwäPo-Reporters wieder geräuschvoll im Gebüsch landete. Bernhard Brecht verstaute seine Kamera in seiner Umhängetasche und spähte ins Innere des umzäunten Geländes, aus dem die Geräusche für ihn zu kommen schienen. Schließlich folgte er dem Schotterweg, der vom hinteren Tor zur Hauptstrasse hinausführte.

Frank Reiser verharrte noch einige Augenblicke in seinem Versteck, bis er sich sicher war, dass Bernhard Brecht außer Hör- und Sichtweite war.

Was gab es hier zu sehen? Das hintere Tor des Hasenlagers war schon zu Bundeswehrzeiten nur selten benutzt worden. Das Tor selbst bestand aus einem Rohrrahmen, der dem gleichen Maschendraht Halt bot, aus dem auch die Umzäunung des Geländes gebaut war. Die beiden Torflügel waren mit einem großen Vorhängeschloss fixiert, welches schon starken Rost angesetzt hatte. So wie es aussah, war das Schloss längere Zeit nicht betätigt worden. Der Schotterweg war mittlerweile mit Gras bewachsen. Die Natur hatte angefangen, wieder von der ungenutzten Fahrbahn Besitz zu ergreifen. Mit nach vorne geneigtem Kopf sondierte Frank Reiser den Boden. Der Schotter wies lediglich ein paar frische Fußspuren auf, die Bernhard Brecht soeben hinterlassen haben musste. Nach so langem Regen war es auch unwahrscheinlich, dass von der vorgestrigen Nacht, in der das Unglück geschehen war, noch Spuren übrig waren. Falls es jemals Spuren gegeben hatte. Wovon auch? Frank Reiser wusste es nicht.

Nach ein paar Minuten ebbte der Dauerregen kurz ab. Frank Reiser starrte in eine große Pfütze vor dem Tor, die sich in einer Mulde im Schotter gebildet hatte und die randvoll gefüllt war. Langsam beruhigten sich die kleinen Wellen auf der Wasseroberfläche, als für kurze Zeit kein Nachschub an Regentropfen mehr vom Himmel fiel. Frank Reiser beobachtete, wie das Spiegelbild seines Hosenbeins immer klarer sichtbar wurde, bis das Bild so unverzerrt war, dass er bis auf den Grund der Pfütze schauen konnte.

„Das gibt es doch nicht!", durchfuhr es ihn.

Auf dem Grund der nur wenige Zentimeter tiefen Wasserlache war der Abdruck einer Schuhsohle erkennbar. Frank Reiser stemmte die Ferse seines Trekkingstiefels neben die Pfütze in den weichen Schotter und begann damit, einen kleinen Graben zu ziehen, der das Pfützenwasser in den angrenzenden Wald ableiten sollte. Mehrmals musste er an der sich bildenden Furche entlang kratzen, bis genügend Gefälle entstanden war, damit das Wasser ein Rinnsal bilden und abfließen konnte. Der Abdruck eines grobstolligen Schuhs kam nun zum Vorschein. Von einem Stiefel oder einem festen Halbschuh. Da die Schuhspitze in dem Abdruck fehlte, konnte Frank Reiser die Schuhgröße nur auf 43 bis 45 schätzen. In jedem Fall eine Männergröße, war er sich sicher. Er holte seine Kamera aus der Manteltasche und machte aus verschiedenen Perspektiven Bilder der leeren Wasserlache mit dem Schuhabdruck.

Mit der Kamera im Anschlag folgte Frank Reiser jetzt dem Schotterweg in die Richtung, die auch Bernhard Brecht genommen hatte. Etwa zwanzig Meter vor der Einmündung in die Teerstrasse blieb er stehen. Deutlich sichtbar war der Schotter aufgewühlt. Frank Reiser blickte sich kurz um und machte auch davon Aufnahmen. Auf den ersten Blick sahen die Spuren für ihn aus wie die Abdrücke eines Motorradreifens.

„Wo bist Du, Zappa?", fragte Frank Reiser seinen Freund am Telefon, als er wieder zu seinem Wagen zurückgekehrt war.

„Ich bin in Schrezheim. Ich stehe vor der Wohnung meiner Schwiegermutter. Sie ist gestern gestorben. Ihre Kinder treffen sich hier, um die Beerdigung zu besprechen. Ich bin gerade angekommen. Es geht gleich los", antwortete Matthias Zabert.

„Wir müssen uns unbedingt treffen."

„Du, das geht jetzt nicht. Ich melde mich wieder, okay?"

„Okay", antwortete Frank Reiser und drückte die Aus-Taste seines Handys.

13

Ellwangen (12. April 2011)

„Meine Damen und Herren, ich stelle Ihnen Kriminalrat Gerd Scheibler von der Kripo Aalen vor", begann Polizeioberrat Karl Hartig, nachdem er kurz nach 08.00 Uhr mit dem Aalener Kollegen das kurzfristig zum Lageraum eingerichtete Büro im 2. Stockwerk betreten hatte.

„Er wird die Ermittlungen im Wesentlichen durchführen. Sie arbeiten ihm zu. Aufgrund des Obduktionsergebnisses haben wir eine neue Situation. Wir gehen ab sofort im Fall Berger nicht mehr von einem Unfall, sondern von einem Tötungsdelikt aus. Die Kripo in Aalen hat derzeit einige Beamte zu der Sonderkommission Entführung nach Heidenheim abgestellt. Deshalb müssen wir vorerst mit der Unterstützung durch den Kollegen Scheibler auskommen. Weitere Verstärkung ist nicht in Sicht. Halte ich momentan auch nicht für erforderlich. Ich habe Polizeidirektor Spitzer gesagt, dass wir damit klarkommen werden. Ich verlasse mich auf Sie. Und noch eins: alle Berichte gehen über meinen Tisch, bevor etwas nach draußen geht. Haben wir uns verstanden?", fragte er zum Schluss und blickte jedem in der Runde in die Augen.

Alle nickten, auch Kriminalrat Gerd Scheibler.

„Na, dann frisch ans Werk, ich will Erfolge sehen. Um 17.00 Uhr brauche ich einen ersten Zwischenbericht. Vielleicht geben wir noch eine Pressemitteilung raus. Bevor es zu weiteren Spekulationen kommt."

„Ich bin der Gerd", sagte Gerd Scheibler und streckte Matthias Zabert die Hand zum Gruß, als dessen Chef nach dieser programmatischen Ansprache den Raum wieder verlassen hatte.

„Polizeioberkommissar Zabert. Äh Matthias. Kannst aber auch Zappa zu mir sagen. So nennen mich hier alle", gab Matthias Zabert zurück und erwiderte den festen Händedruck.

„Kommissaranwärterin Jenny Geiger. Ich bin Praktikantin. Seit drei Wochen", antwortete Jenny Geiger.

„Geiger? Bist Du etwa mit dem alten Geiger verwandt?"

„Ja, das ist mein Großvater. Ist das ein Problem?"

„Nein, wollte ich nur wissen. Ich habe ihn als Revierleiter sehr geschätzt. Und Kollege Schimmel hat nur Gutes über ihn erzählt, als sie letztes Jahr zusammen den Mord an dem Spanier aufgeklärt haben."

„Polizeioberkommissar Johannes Häberle. Kannst Hannes zu mir sagen", antwortete der dritte Ellwanger Kollege im Raum.

„Schön! Ich arbeite gerne in einem kleinen Team. Dann wollen wir mal sehen, was wir schon haben. Hier ist erst einmal für jeden von Euch eine Kopie des Obduktionsberichts. Könnt Ihr nachher lesen. Kurz gesagt, ist Kurt Berger erschossen worden und der Täter wollte das wohl als Unfall tarnen. Da hat er aber die Rechnung ohne Klinge gemacht", begann Gerd Scheibler.

„Klinge?", fragte Jenny Geiger verdutzt.

„Ach so. Dr. Schröder alias Klinge. Mit dem Skalpell macht dem keiner was vor. Er hat die Eisenstange aus der Leiche herauspräpariert und dabei festgestellt, dass das Loch in der Brust nicht durch die Eisenstange verursacht worden ist, dass Berger also nicht gepfählt worden ist, sondern das Loch von einem Durchschuss herrührt. Als Berger nach dem Schuss am Boden lag, muss der Täter die Eisenstange dann von oben durch den Schusskanal gesteckt haben und die Stange mit einem harten Gegenstand ein Stück weit in den Boden gerammt haben. Klinge hat Schmauchspuren auf der Brust des Opfers abnehmen können. Es besteht also kein Zweifel daran, dass Berger erschossen worden ist", erläuterte Gerd Scheibler, während die drei Mitglieder seines gerade neu formierten Ermittlungsteams im Halbkreis um den Schreibtisch herumstanden.

„Mord im Hasenlager", fuhr er fort und hielt die Ausgabe der SchwäPo demonstrativ auf Brusthöhe so vor sich, dass alle die Schlagzeile lesen konnten.

„Wer das der Presse gesteckt hat, interessiert mich jetzt gar nicht, heißt aber, dass es irgendwo in Aalen oder hier in Ellwangen eine undichte Stelle gibt. Seid also auf der Hut. Dass die Presse da gleich aufspringt, ist natürlich klar. Was ich aber nicht wusste, dass die Schwäbische Post jetzt auch einen Aushilfs-Sherlock-Holmes engagiert hat. Bei der Mordsache letztes Jahr war doch dieser Rieser von der Ipf- und Jagst-Zeitung beteiligt."

„Reiser", unterbrach ihn Matthias Zabert.

„Wie bitte?", stutzte Gerd Scheibler.

„Der heißt nicht Rieser, sondern Reiser."

„Egal. Rieser oder Reiser. Haben wir irgendetwas über diesen Clown von der Schwäbischen Post, diesen Bernhard Brecht?"

„Ist gebürtiger Ellwanger. Neunundzwanzig Jahre alt. Hat am Peutinger Gymnasium Abitur gemacht. Hatte seine ersten Reporterjobs im Ausland. Seit Ende letzten Jahres ist er wieder in Ellwangen. Seit er für die Schwäbische Post schreibt, steckt in deren Lokalteil wieder etwas mehr Leben. Sagt man", antwortete Johannes Häberle.

„Gut! Um den werde ich mich später kümmern. Ich möchte nämlich nicht, dass uns diese Pressefritzen ins Handwerk pfuschen, nur damit sie eine heiße Story daraus machen können. Hier bei uns werden die Fälle von gut ausgebildeten und motivierten Polizistinnen und Polizisten gelöst. Nicht von irgendwelchen trotteligen Polizistenkarikaturen. Nicht von deren Omas und Schwiegermüttern. Und auch nicht von deren Dackel oder Schildkröten. Sondern von uns. So, dann wollen wir uns mal am Tatort umsehen", schloss Gerd Scheibler seinen Grundsatzvortrag über erfolgreiche Polizeiarbeit oder zumindest darüber, wie er sich diese vorstellte oder wie er sie sich nicht vorstellen wollte und zog seinen Regenmantel an, den er nur provisorisch über die Stuhllehne gelegt hatte.

„Ja, habe ich", antwortete er am Handy auf die Frage von Karl Hartig, ob er schon geprüft hätte, ob es über Kurt Berger eine Polizeiakte gäbe.

„Ich bekomme die aber nicht. Das LKA rückt die nur raus, wenn Sie als Dienststellenleiter sie anfordern. Der muss in irgendeine größere Geschichte verwickelt gewesen sein. Mehr habe ich nicht in Erfahrung bringen können."

Mit „Ich kümmere mich drum", beendete der Ellwanger Polizeichef das Telefonat.

Vor dem Eingang zum Hasenlager hatte schon ein uniformierter Polizeibeamter neben Fritz Sporrer Posten bezogen, um zusammen mit dem Wachmann den Zugang abzusichern. Die vier Ermittler liefen im leichten Trab zum Eingang der Lagerhalle, da es schon wieder angefangen hatte, heftig zu regnen. Gerd Scheibler zeigte seinen Ausweis und stellte seine Kollegen kurz vor, als sich Sven Riemann, der Pförtner, vor ihnen aufbauen wollte.

„Wo ist das Büro Ihres Chefs?", begann er sofort zu fragen, ohne einen Kommentar von diesem abzuwarten.

Stumm ging Sven Riemann durch die Lagerhalle voraus, bis sie in der hinteren Ecke des letzten Hallenabschnitts zu einem durch eine unverputzte Ziegelmauer abgetrennten, etwa zwanzig Quadratmeter großen Raum kamen.

„Seit wir die Baustelle haben, war der Chef meistens hier in diesem Provisorium. Da war er ungestört. Vorne im Erdgeschoss des Anbaus gibt es im alten Teil auch noch weitere Büros. Die werden aber nur von den Bürokräften und unserer Auszubildenden genutzt. Alles viel zu eng. Deshalb ja auch die Baumassnahme", zeigte sich Sven Riemann plötzlich redselig.

„Danke. Wir kommen jetzt alleine zurecht. Wenn wir etwas brauchen, lasse ich Sie holen", beendete Gerd Scheibler abrupt die Unterhaltung.

Sven Riemann trollte sich zwar in Richtung seiner Pförtnerloge, Gerd Scheibler war aber sicher, dass er seine Besucher nicht aus den Augen lassen würde.

„Okay. Wir beginnen hier und machen dann in den anderen Büros weiter. Zappa, Du suchst nach Personalakten. Wir brauchen alles über die Mitarbeiter der Firma. Alle! Nicht nur die Festangestellten. Hannes, Du nimmst Dir die Rechner vor. Jenny, Du checkst die Papierkörbe und Mülleimer", verteilte Gerd Scheibler die Aufträge an die Mitglieder seines Teams.

„Wie bitte? Die Mülleimer?", fragte Jenny Geiger, als ob sie ihn nicht richtig verstanden hätte.

„Ja. Die Papierkörbe und Mülleimer. Habe ich doch gesagt. Oft landen dort Hinweise, die uns irgendetwas sagen können."

„Hinweise worauf?"

„Jenny. Wenn ich das vorher wüsste, könnten wir uns die Wühlerei im Dreck sparen. - Stimmt. Ich weiß es aber nicht. Also Jenny, schnapp Dir Deine Handschuhe und mach Dich an die Arbeit. Ich schau mal zu den Kollegen am Fundort der Leiche."

Gerd Scheibler ging zum Hallentor zurück, blieb im Trockenen aber stehen. Der Fundort der Leiche war mit einem großen weißen Pavillon überdacht worden, damit die Spurensicherung nicht dem Dauerregen ausgesetzt war und die letzten Spuren durch den Regen weggespült wurden. Gerd Scheibler erkannte sofort, dass er unter dem Pavillon momentan nur stören würde. Er wusste aber auch, dass er sich auf seine Aalener Kollegen verlassen konnte.

„Herr Riemann, haben Sie Feuer?", rief er unvermittelt in die Richtung eines mannshohen Palettenstapels.

„J...ja", antwortete dieser in einem ertappten Tonfall.

Wortlos standen sie danach rauchend nebeneinander und starrten in den Dauerregen hinaus, der auch heute wieder nicht aufhören wollte.

Gerd Scheibler drückte den glimmenden Zigarettenstummel am Hallentor aus und machte sich auf den Weg durch die Baustelle. Über eine Bauleiter gelangte er ins erste Stockwerk. Kurt Berger hatte möglicherweise denselben Weg genommen, um hier herauf zu kommen. Durch eine Fensteröffnung kletterte Gerd Scheibler nun auf das Gerüst hinaus und ging bis zu der Stelle, unter welcher jetzt der Pavillon stand. Von hier aus musste Kurt Berger abgestürzt sein. Gerd Scheibler sah sich um, auf der Suche nach irgendeiner Auffälligkeit. Eine Patronenhülse zu finden, hatte er schon nicht erwartet. An einem der Gerüstteile entdeckte er jedoch ein paar dunkle Flecken.

„Hier oben! Das könnte Blut sein am Gerüst", rief er in die Richtung der Kollegen unter dem Pavillon.

„Ja, sehen wir uns nachher an. Eins nach dem anderen", schallte es von unten zu ihm herauf.

„Ich stell einen Kollegen dazu ab. Damit hier keiner durchläuft."

„Okay, mach das", kam als weitere Antwort zurück.

Nach zwei Stunden hatte sich Gerd Scheibler einen ersten Überblick verschafft, aber noch keine heiße Spur.

„Gibt es bei Ihnen Kaffee, Herr Riemann?", fragte er den Pförtner, nachdem er die Baustelle wieder verlassen hatte.

„Ja, da hinten steht ein Automat. Der Kaffee schmeckt gar nicht so schlecht. Sagen die anderen. Ich trinke ja nur Tee", antwortete Sven Riemann.

Mit vier Bechern Kaffee kam Gerd Scheibler zu seinen Kollegen ins Büro von Kurt Berger zurück.

14 Schrezheim (12. April 2011)

Matthias Zabert hatte sich kurz nach Mittag bei Gerd Scheibler abgemeldet, um nach Schrezheim zu fahren, wo sich die Geschwister seiner Frau im Haus seiner verstorbenen Schwiegermutter getroffen hatten, um die anstehende Beerdigung zu besprechen. Als er gerade die Haustür öffnen wollte, hatte ihn Frank Reiser auf seinem Handy angerufen. Er musste seinen Freund jedoch abwimmeln, da er ohnehin schon zu spät zum Familienrat gekommen war.

„Endlich! Wo warst Du denn so lange?", empfing ihn seine Frau Karola, ihre Augen gerötet.

„Wir haben doch jetzt diesen Todesfall im Hasenlager. Ich hab auch nicht lange Zeit", erwiderte er in einem Tonfall, als ob er einem Vorgesetzten Meldung machen müsste.

Karola fing an zu weinen und drückte sich mit ihrem Gesicht an seine Brust.

„Was ist denn hier los?", fragte er in die Runde und blickte in zehn regungslose Gesichter.

„Da müsste doch noch viel mehr Geld da sein", brach Herbert Zoller, der Mann von Karolas Schwester Gerda, das Schweigen.

„Wie bitte?", fragte Matthias Zabert und schaute so, als ob er sich verhört hätte.

„Wir haben uns da ja nicht eingemischt. Es ist auch anerkennenswert, was Karola für die Mama geleistet hat. Wie sie sie in letzter Zeit unterstützt hat. Aber wenn wir das so überschlagen. Seit uns die Mama an Weihnachten allen etwas Geld geschenkt hat, müssten sich in den zurückliegenden vier Monaten wieder mindestens viertausend Euro angesammelt haben. Mama müsste uns also ungefähr zwölftausend Euro Bargeld hinterlassen haben. Wir haben aber nur fünftausend gefunden", fuhr Herbert Zoller fort.

„Was heißt denn, Ihr habt nur fünftausend Euro gefunden? Wer ist wir?", hakte Matthias Zabert nach, ohne bisher schlau geworden zu sein.

„Gerda, Irmie und Doris haben alle Möbel in der Wohnung durchsucht und in der Kommode nur fünftausend Euro gefunden. Du weißt doch genauso wie wir, dass die Mama einen Teil ihres Geldes lieber zuhause bei sich aufbewahrt hat."

„Ihr habt was? Ihr habt das Haus nach Geld durchsucht? Schämt Ihr Euch denn gar nicht?", brüllte Matthias Zabert nun erregt in die Runde.

„Ich finde schon, dass das ausdiskutiert werden sollte. Ich würde meinen, dass wir das so nicht im Raum stehen lassen können", merkte Bernd Strasser an, der Mann von Karolas Schwester Irmgard, und man konnte in jeder Silbe heraushören, dass er am Peutinger-Gymnasium Deutsch und Sozialkunde unterrichtete.

„Eure Mutter ist noch nicht einmal unter der Erde und Ihr streitet Euch schon um das Erbe. Ich glaube, es ist besser, Ihr geht jetzt alle."

„Mattes, lässt Du jetzt den Polizisten raushängen, oder was?", goss sein Schwager Karl Kerber jetzt etwas Öl in das Feuer.

„Jetzt reicht es aber! Raus mit Euch!", wurde Matthias Zabert nun richtig wütend.

„Ist ja schon gut. Ist ja schon gut", versuchte Axel Kerber zu beschwichtigen, merkte aber gleichzeitig wie sinnlos das in der angeheizten Atmosphäre war.

Nacheinander nahmen Karola Zaberts Geschwister, Schwägerinnen und Schwager ihre Jacken von der Garderobe und verließen mit versteinerter Miene das Haus der Verstorbenen. Vor gut einer Stunde war die Stimmung noch nicht derart auf dem Tiefpunkt gewesen.

„Die spinnen doch!", sagte Matthias Zabert zu seiner immer noch weinenden Frau.

„Ich kann mir das auch nicht erklären", antwortete sie schluchzend.

„Was kannst Du Dir nicht erklären?"

„Wo das Geld hingekommen ist."

„Wo das Geld hingekommen ist?", wiederholte Matthias Zabert die Aussage seiner Frau.

„Ja. Es müssten tatsächlich über zehntausend Euro da sein. In der Geldkassette in der Kommode sind aber nur noch fünftausend. Ich weiß auch nicht."

„Das sind vielleicht raffinierte Luder, Deine lieben Schwestern. Warum warst Du denn nicht dabei, als sie wie die Aasgeier nach dem Geld gesucht haben?"

„Ich war doch in der Stadt und hab mit dem Pfarrer gesprochen. Wegen der Beerdigung am Donnerstag. Wir wollten uns dann alle hier wieder treffen. Gerda, Irmie und Doris waren schon da, als ich zurückkam. Die haben ja auch alle einen Schlüssel zum Haus. Die Anderen kamen dann später dazu."

„Dir ist schon klar, dass die Bagage jetzt Dich verdächtigt, Dir das fehlende Geld unter den Nagel gerissen zu haben. Denen werde ich helfen."

„Was willst Du denn machen?"

„Denen werde ich helfen. Erst kümmert sich kein Schwein um Eure Mutter. Alles bleibt an Dir hängen. Und jetzt fällt denen nichts Besseres ein, als sich um das Erbe zu streiten. So nicht!", erregte sich Matthias Zabert und griff in eine Tasche seiner Uniformjacke.

„Was hast Du vor?", fragte Karola Zabert, als er die Latexhandschuhe angezogen hatte.

„Die werden mich kennen lernen. Alles wird gut, Karola! Alles wird gut", beschwichtigte er seine Frau, während er jedes auf dem großen Tisch stehende Trinkgefäß einzeln in kleine Plastiktüten verpackte, die er jeweils mit einer Nummer versah. Zuletzt kippte er das Bargeld in die Schublade der Kommode und tütete auch die rote Geldkassette ein.

15 Hasenlager (12. April 2011)

Gegen 14.00 Uhr stand Matthias Zabert bereits wieder im strömenden Regen an der hinteren Ausfahrt des Hasenlagers. Nach der unschönen Episode mit der Verwandtschaft seiner Frau hatte er sofort Frank Reiser angerufen. Dieser hatte ihm den Fund der Spuren in der Nähe der Umzäunung des Hasenlagers geschildert. Sofort war er dorthin aufgebrochen. Zuvor hatte er noch übers Handy Gerd Scheibler über die neue Entwicklung informiert.

„War nicht gestern Nacht ein Unfall mit einem Motorradfahrer hier in der Nähe?", fragte Gerd Scheibler.

„Ja, kurz vor der Kaserne. Der Motorradfahrer liegt in der Virngrund-Klinik. Hat ihn wohl ziemlich erwischt. Liegt noch im Koma, soweit ich weiß", antwortete Johannes Häberle.

„Okay. Hannes, check mal die Reifenspuren und den Abdruck. Sieht wie von der Sohle eines Motorradstiefels aus. Vielleicht gibt es ja einen Zusammenhang. Wäre zumindest mal eine erste Spur. Sonst haben wir ja noch nichts. Wir treffen uns dann auf dem Revier. Hier gibt es momentan nichts mehr für uns zu tun", fasste Gerd Scheibler zusammen und steckte sich eine Zigarette an.

Zurück in der Karlstrasse hängte Gerd Scheibler erst einmal seinen Regenmantel zum Trocknen auf.

„Sauwetter!", stellte er fest.

„Und das war dieser Reiser, oder?", fragte er Matthias Zabert.

„Ja, Frank Reiser von der Ipf- und Jagst- Zeitung", antwortete dieser.

„Und ich dachte schon, wir hätten es nur mit einem Aushilfs-Sherlock-Holmes zu tun, diesem Brecht. Kennst Du den Reiser näher, Zappa?"

„Ja, wir sind seit Jahren befreundet."

„Okay, deshalb hat er also Dich über die Spuren informiert, die er gefunden hat. Ja?"

„Ich denke schon. Ja."

„Und worüber informierst Du ihn?"

„Was willst Du mir damit sagen, Gerd?"

„Nichts. Ich glaube, wir haben uns auch so verstanden. Nicht wahr?"

„Ich denke schon. Das war eindeutig genug, Gerd."

„Okay. Hannes, was hast Du herausgefunden?", wandte sich Gerd Scheibler jetzt Johannes Häberle zu.

„Könnte passen. Auf den ersten Blick könnten sowohl die Reifenspuren als auch der Stiefelabdruck zu Thomas Holzner passen. Muss natürlich noch genauer untersucht werden. Die Spuren waren wegen des Regens ja zum Teil schon verlaufen. Aber auf den ersten Blick passt es zusammen", berichtete dieser.

„Okay, auf in die Virngrund-Klinik. Jenny, Hannes, Ihr kommt mit. Zappa, Du bleibst an der Personalliste des EllSD dran. Die brauchen wir trotzdem noch."

Eine halbe Stunde später sprach Gerd Scheibler auf der Intensivstation der Virngrund-Klinik mit Dr. Stein, dem diensthabenden Arzt.

„Soweit ich Ihnen dazu etwas sagen darf. Es sieht nicht gut aus. Der Patient ist in einem kritischen Zustand. Er ist noch nicht über den Berg. Ich weiß, Sie werden mich jetzt gleich fragen, wann Sie mit ihm sprechen können. Daran ist noch nicht zu denken. Er kämpft gerade um sein Leben", erläuterte Dr. Stein den Gesundheitszustand seines Patienten.

„Hier haben Sie meine Karte. Rufen Sie mich bitte an, wenn es etwas Neues gibt. Sind das da hinten Angehörige von ihm?", fragte Gerd Scheibler und blickte zu einer Sitzgruppe in einem kleinen Lichthof der Station.

„Ja. Die ältere Frau ist die Mutter. Das Mädchen ist seine Freundin. Ich hab ihnen gesagt, dass sie nach Hause gehen sollen. Sie können eh nichts tun für ihn.

Die bleiben aber fast Tag und Nacht hier. Kann ich sonst noch etwas für Sie tun? Meine anderen Patienten warten schon auf mich."

„Äh. Nein. Danke, Dr. Stein. Okay, wir bleiben in Verbindung."

Gerd Scheibler betrachtete die beiden Frauen für einen kurzen Moment aus der Distanz. Die Szene bei der Sitzgruppe erinnerte ihn irgendwie an ein Passionsspiel. Wortlos saßen sich die Frauen in ihren gepolsterten Stühlen gegenüber, trotz des Altersunterschiedes im Schmerz um das Schicksal eines geliebten Menschen vereint wie damals Maria und Magdalena.

„Jenny, kommst Du mit?", sagte er zu Jenny Geiger und ging auf die beiden Frauen zu.

„Guten Tag. Darf ich Sie kurz stören. Ich bin Kriminalrat Gerd Scheibler von der Kripo Aalen. Das ist meine Kollegin Jenny Geiger von der Dienststelle hier in Ellwangen."

„Kripo Aalen? Was hat denn die Kriminalpolizei mit dem Unfall meines Sohnes zu tun?"

„Frau Holzner, wir ermitteln nicht wegen des Unfalls. Ich ermittle in dem Mordfall Berger. Sie haben doch davon gehört, oder? Ich hätte dazu ein paar Fragen an Sie. Wenn das möglich wäre."

„Er war es nicht! Er war es nicht! Das müssen Sie uns glauben!", brach es plötzlich aus Susanne Thamm heraus und sie begann, bitterlich zu weinen.

Sofort setzte sich Jenny Geiger neben sie und drückte sich tröstend an sie.

„Frau Holzner, dürfte ich Sie bitten mitzukommen?", fragte Gerd Scheibler in ruhigem Ton.

„Hannes, Du behältst das Zimmer im Auge. Ich lass Dich nachher ablösen", sagte Gerd Scheibler zu Johannes Häberle, während sich Maria Holzner wortlos erhob und nach ihrer Handtasche griff. Mit einem Taschentuch wischte sie sich die Tränen aus dem Gesicht.

16 Ellwangen (12. April 2011)

„Zappa, Jenny, bringt sie nach Hause", rief Gerd Scheibler durch das Büro, als er aus dem Vernehmungsraum zurückgekommen war.

„Ja, Gerd", antwortete Matthias Zabert und griff nach dem Autoschlüssel des Dienstwagens.

„Und was glaubst Du, Hannes? Ist er unser Mann, der Holzner?"

„Ich weiß es nicht. Klar. Wenn einer meine Freundin auf der Arbeit angrabscht, hätte ich auch eine Mordswut auf den Typen. Noch dazu, wenn es der Chef ist."

„Mordswut! Du sagst es, Hannes", unterbrach Gerd Scheibler seinen Kollegen schmunzelnd.

„Aber deshalb einen umbringen? Es passt zwar zeitlich zusammen. Aber einen erschießen? Ich weiß nicht. Da sind mir zu viele Wenn und Aber."

„Es sieht aber so aus, als ob die Spuren auf dem Schotterweg zu ihm gehören. Und innerhalb des umzäunten Geländes haben die Kollegen noch weitere Stiefelabdrücke gefunden. Er muss also im Hasenlager gewesen sein. Um die Tatzeit herum. Noch können wir ihn mit der Tat selbst nicht in Verbindung bringen. Warten wir die Untersuchung seiner Hände ab. Wenn da Schmauchspuren dran sind, ist er unser Mann."

„Und wenn er seine Motorradhandschuhe getragen hat bei der Tat? Ich würde die anlassen. Schon wegen der Fingerabdrücke. Und beim Überklettern des Zauns ist es auch besser, wenn man Handschuhe trägt. Verletzt man sich nicht so leicht."

„Aber wir hätten eine Waffe finden müssen. Am Unfallort war keine. Die hat dort sicher auch keiner mitgehen lassen. Der Holzner hat die Waffe auch nicht kaltblütig versteckt. Der hat in Panik einen Unfall gebaut. Das passt nicht zu einem Mord. Eher zu einer Flucht nach einer Tat im Affekt. Und wo hat er die Waffe überhaupt hergehabt? Im Hause Holzner gibt es keine Waffen, sagt die Mutter. Der ist auch nicht im Schützenverein. Oder Jäger oder so. Nein, da stimmt was nicht."

„Solange er im Koma liegt, läuft er uns nicht davon. Ich schlag vor, wir warten die Untersuchungsergebnisse ab."

„Wie spät ist es eigentlich schon?"

„Kurz nach zehn."

„Was? So spät schon. Ich glaube, wir machen Schluss für heute. Ich wollte eigentlich mit meiner Frau ins Kino gehen in Aalen. Daraus wird wohl nichts mehr heute. Auf eine Nachtvorstellung habe ich auch keinen Bock mehr. Also gut. Dann bis morgen früh."

„Ist gut, Gerd. Ich sortiere die Unterlagen noch. Dann mache ich mich auch auf den Weg."

Gerd Scheibler ging hinaus zu seinem Wagen. Im strömenden Regen fuhr er zurück nach Aalen, wo seine Frau seit drei Stunden strickend auf ihn wartete.

„Na Schatz, wie läuft es in Ellwangen? Ist es ein großer Fall?", wollte sie wissen.

„Das weiß ich noch nicht. Entschuldige bitte, ich hätte anrufen sollen und Dir sagen, dass das mit dem Kino heute nichts mehr wird."

„Wieso? Ich war doch im Kino. Mit Klaus Singer, meinem Kollegen. Den kennst Du doch."

„Mit Klaus? Ausgerechnet mit dem?"

„War nur ein Scherz. Komm, lass uns ins Bett gehen. Morgen ist auch noch ein Kinotag."

„Warum ziehst Du mich eigentlich immer mit diesem Klaus auf?"

„Weil es mit ihm am Besten funktioniert. Deshalb."

„Luder!", sagte Gerd Scheibler zu seiner Sabine und drückte sie an sich.

17 Ellwangen (12. April 2011)

„Und das hier ist mein Reich", sagte Ellen Steiger und betrat lachend vor Karl Hartig ihre Wohnung im obersten Stockwerk des Hotels zur alten Post.

„Stör ich?", fragte plötzlich Frank Reiser, der im Halbdunkel des Wohnzimmers auf der Couch saß.

„Frankie, was machst Du denn hier?", antwortete Ellen Steiger und augenblicklich war die Beschwingtheit aus ihrer Stimme gewichen, mit der sie Augenblicke zuvor noch ihrem Gast den Weg gewiesen hatte.

„Guten Abend, Herr Reiser. Ich habe Frau Steiger nur heraufgebracht. Jetzt braucht sie meinen Schutz aber offensichtlich nicht mehr. Sie sind ja da", sagte Karl Hartig, deutete eine Verbeugung an und ging hinaus auf den Flur.

„Du, das war jetzt wie im Film. Wie Du da so sitzt. Wie wir da so hereinkommen", begann Ellen Steiger.

„Findest Du? Und wie wäre der Film weiter gegangen? Der Held schaut den Beiden beim Liebesspiel zu? Oder der Held bricht seinem Nebenbuhler die Nase?"

„Frankie, jetzt werde aber nicht theatralisch. Es ist doch nichts dabei. Karl hat mich zum Essen eingeladen. Na und? Du hast für mich ja immer seltener Zeit."

„Du weißt doch, dass die Zeitung abends gemacht wird. Vor 21.00 Uhr bin ich da nicht fertig. Dafür muss ich morgens nicht so früh raus. Gemeinsam ausschlafen ist doch auch etwas Schönes, oder?"

„Es sei denn, Du stehst um 07.00 Uhr im strömenden Regen vor dem Hasenlager. So wie gestern."

„Das ist doch eine Ausnahme gewesen."

„Komm, Frankie. Lass uns ins Bett gehen."

„Ja, das ist wahrscheinlich das Beste", antwortete Frank Reiser und erhob sich aus dem Sessel.

Fünf Minuten später saß er schon wieder. Diesmal in seinem Mercedes. Im strömenden Regen fuhr er nach Rindelbach zu seiner Wohnung.

„Scheiße!", rief er, als er im Dunkel des Flurs mit seinem rechten Fuß gegen einen großen Karton prallte und dadurch fast ins Straucheln geraten wäre.

Es wäre nicht so schlimm gewesen, dass die Lampe im Flur seit ein paar Tagen ohne Funktion gewesen war, da er die defekte Birne noch nicht ausgetauscht hatte. Er hatte aber vergessen, dass vormittags die neue Gabel für die Ducati geliefert worden war. Als der Spediteur ihn angetroffen hatte, war er eigentlich schon auf dem Sprung gewesen, nahm das Paket aber dennoch in Empfang und schob es nur schnell provisorisch mitten in den Flur hinein. Um das bestellte Ersatzteil für das demolierte Motorrad seines toten Bruders gleich in der Scheune zu verstauen, hatte ihm die Zeit gefehlt. Und jetzt war er in der Dunkelheit dagegen gelaufen. Beinahe wäre er eben gestürzt.

Vielleicht lag es auch daran, dass er beim Hotel schon leicht geistesabwesend losgefahren war. Vieles schwirrte ihm durch den Kopf.

Lukas. Ellen. Hartig. Brecht.

Frank Reiser öffnete in seinem Wohnzimmer die alte Holztruhe, die ihm als Barfach diente und holte eine Flasche Jim Beam daraus hervor. Im Kühlschrank war noch Eis und gekühltes Coke. Langsam ließ er den ersten Drink seine Kehle hinunterlaufen. Wieder und wieder, bis er müde auf seinem Sofa lag.

Es war ein langer Tag gewesen. Ein Anschiss des Chefredakteurs hatte ihn schon morgens unangenehm wach gemacht. Dann war er beim Hasenlager auf diese Spuren gestoßen. Brecht war aber schon vor ihm da gewesen.

Brecht!

Momentan kam ihm ständig dieser Brecht in die Quere. Gut. Letztes Jahr war er, Frank Reiser, noch der Held gewesen, mitten in der großen Story drin. Brecht war der Anfänger, der nur die Krumen aufsammeln konnte, die der große Frank Reiser übrig gelassen hatte.

Dieser Brecht war aber allem Anschein nach ein guter Reporter. Und er hatte einen guten Riecher. Und anscheinend auch schon gute Beziehungen zur Polizei. Die Sache mit dem Obduktionsbericht war nicht schlecht gewesen. Die SchwäPo hatte schon von einem Mord im Hasenlager berichtet, als die Ipf- und Jagst in seinem Artikel noch von einem Unfall ausgegangen war.

So wie der Tag begonnen hatte, hatte er für Frank Reiser auch geendet. Mit einer Niederlage. Zumindest mit einer gefühlten Niederlage. Oder zumindest mit gekränkter Eitelkeit.

„Scheiße! Vielleicht war das ja alles ganz harmlos", dachte Frank Reiser und ärgerte sich mit zunehmendem Alkoholkonsum immer mehr über sich selbst.

Er wusste doch, dass Karl Hartig im Hotel zur alten Post wohnte. Solange jedenfalls, bis die Umbauarbeiten in seinem Anfang Januar gekauften Haus in der Schillerstrasse abgeschlossen waren. Und er dann seine Familie aus Stuttgart nach Ellwangen nachholen konnte. Ein Ellwanger Polizeichef hatte schließlich Residenzpflicht in seinem Revier. Gary Cooper hätte es sicherlich damals auch nicht rechtzeitig zum High Noon geschafft, wenn er nicht in seinem Office in der Stadt gewohnt hätte. Das war kein Job für Wochenpendler. Und die alte Post lag ja direkt neben dem Polizeirevier.

„Wie praktisch! Da kann man dann nach dem Dienst noch schnell ein Schäferstündchen mit der Hotelbesitzerin genießen", kam es Frank Reiser plötzlich in den Sinn, als sich der Inhalt seiner Flasche langsam dem Ende zuneigte.

„Ellen, Du verdammte Schlampe!", schrie er jetzt durch die Wohnung, sprang auf und schleuderte sein Glas gegen die Wohnzimmerwand.

Langsam zog die braune Flüssigkeit ihre Spuren bis zur Teppichleiste. Erschöpft sank Frank Reiser zurück auf das Sofa. Sein Kopf hing nach hinten über die Lehne, die Arme hatte er seitlich von sich gestreckt, während ihn sogleich die Müdigkeit übermannte.

„Na, Reiser. Haben Sie nicht mehr drauf?", fragte ihn Bernhard Brecht plötzlich im Traum.

Frank Reiser konnte jedoch nicht antworten.

„Frankie, sei doch nicht so. Mit Karl ist es wirklich nichts Ernstes. Lass mir doch einfach meinen Spaß", säuselte jetzt Ellen Steiger, umarmte Karl Hartig und küsste diesen leidenschaftlich.

Frank Reiser sah es ganz deutlich vor sich, konnte aber nicht einschreiten.

„Siehst Du, Frankie. Das hast Du jetzt davon. Wärst Du doch bei mir geblieben", flüsterte ihm jetzt Rosemarie Hertel ins Ohr.

Zu allem Überfluss läutete jetzt sein Festnetztelefon. „Redaktion" war auf dem Display zu lesen.

Frank Reiser konnte aber nicht rangehen. Wahrscheinlich wieder eine Abfuhr seines Chefs. Er nahm die Zeitung in die Hand und starrte auf die leeren Spalten im Lokalteil. So sehr er sich auch bemühte, er konnte keinen Text erkennen. Nur die Überschrift. „Ellwanger Seniorendienst vor dem Aus?", war da zu lesen. Es folgte aber kein Text, sondern nur drei leere Spalten. „von unserem Redakteur Frank Reiser", stand unter der Titelzeile. Jeder konnte sehen, dass diese drei inhaltsleeren Spalten das Werk von Frank Reiser waren.

Jetzt stieg Bernhard Brecht lachend in seinen englischen Sportwagen und fuhr anscheinend in Richtung Hasenlager davon. Frank Reiser konnte abermals nicht folgen, da er erst ans Telefon gehen musste, um den Anruf seines Chefredakteurs entgegen zu nehmen.

„Machs gut, Frankie", rief ihm Ellen Steiger zu, die jetzt mit Karl Hartig lachend in ihrem Schlafzimmer verschwand.

Frank Reiser wollte aufspringen und hinterherlaufen, seine Beine gehorchten ihm aber nicht. So musste er tatenlos mit ansehen, wie seine Lebensgefährtin offensichtlich mit ihrem Neuen nach nebenan ging, um sich dort mit ihm zu vergnügen.

„Es tut mir leid, Frankie. Ich muss jetzt zurück ins Jackies. Ruf mich an, wenn Du möchtest", verabschiedete sich auch Rosemarie Hertel.

„Ja, Rosie. Das mache ich. Ich ruf Dich an. Versprochen! Ich ruf Dich an. Ganz bestimmt. Ich ruf Dich an. Gleich morgen. Sobald ich wach bin. Versprochen! Ich ruf Dich an", stammelte Frank Reiser, konnte aber keine Reaktion bei seiner Ex-Freundin erkennen.

„Shit! Shit! Shit!", rief Frank Reiser, als er den Telefonhörer dann doch in die Hand genommen hatte, um Rosemarie Hertel anzurufen.

„Wo waren Sie denn so lange?", polterte der Chefredakteur der Ipf- und Jagst- Zeitung am anderen Ende der Leitung.

Frank Reiser sah auf die Uhr im Wohnzimmer. Es war kurz vor 11.00 Uhr. Er hatte verschlafen!

Er rieb sich die Augen, um nach seinen Gästen der vergangenen Nacht zu sehen, nachdem er den Telefonhörer wieder aufgelegt hatte. Aber er war alleine in seiner Wohnung. Weder Ellen Steiger oder Karl Hartig noch Bernhard Brecht oder Rosemarie Hertel waren zu sehen. Oder irgendeine Spur von ihnen.

Mit schleppendem Schritt schlurfte Frank Reiser ins Badezimmer. Zehn Minuten später kam er in die Küche und schaltete seinen Kaffeeautomaten ein, um mit einer Tasse starken Kaffees richtig wach zu werden.

18 Ellwangen (13. April 2011)

„Wie spät ist es?", wollte Gerd Scheibler wissen.

„Kurz vor elf", antwortete Matthias Zabert.

„Dann müssen wir jetzt rüber zum Bahnhof. Zappa, Du bleibst mit Jenny hier. Hannes, Du kommst mit mir", verteilte Gerd Scheibler die anstehenden Aufgaben an sein Ermittlerteam.

Seit 04.00 Uhr waren sie bereits auf den Beinen. Die Ereignisse dieses Mittwochs hatten ihnen bisher ein volles und abwechslungsreiches Programm beschert.

Gegen 03.30 Uhr war die Mannschaft von Gerd Scheibler durch den Dienstabenden der Nachtschicht des Ellwanger Reviers alarmiert worden. Mehr oder weniger ausgeschlafen waren sie dann alle vier gleich zur Haller Strasse gefahren, um sich dort an der angegebenen neuen Einsatzstelle zu treffen.

Die Villa von Kurt Berger stand in hellen Flammen. Der ausgebrannte Dachstuhl war kurz nach ihrer Ankunft in sich zusammen gestürzt. Im grellen Licht der Halogenstrahler der Feuerwehr ergoss sich ein nicht enden wollender Wasserfall auf die Reste des brennenden Gebäudes. Gespeist einerseits von den mehr als fünfzehn Wasserschläuchen, mit denen insgesamt fünf Feuerwehren den Brand bekämpften. Andererseits auch von dem wolkenbruchartigen Dauerregen, der auch in dieser Nacht die Region um Ellwangen heimsuchte.

Von der Abzweigung Jet-Tankstelle bis zur Abfahrt Berliner Strasse war die Haller Strasse abgesperrt worden. Schaulustige mussten daher kleine Umwege in Kauf nehmen, wenn sie einen Blick auf das morbide nächtliche Schauspiel erhaschen wollten. Der Schornstein ragte jetzt aus den Trümmern der Berger-Villa wie ein Marterpfahl aus einem brennenden Scheiterhaufen empor. Flammen züngelten an ihm hoch als suchten sie nach weiterer Nahrung für ihr zerstörerisches Werk. Die Blaulichter der Einsatzfahrzeuge spiegelten sich im nassen Teer der Strasse. Ölige Reste färbten die Wasserpfützen in den Regenbogenfarben.

„Die Durchsuchung können wir uns jetzt ja sparen", hatte Jenny Geiger als Erste den neuen Fakten einen praktischen Nutzen abgewinnen können.

Eigentlich hatte Gerd Scheibler geplant, an diesem Mittwoch der Villa von Kurt Berger mit der Spurensicherung einen Besuch abzustatten. Sie hatten das Gebäude, in dem Kurt Berger nach ihrer Kenntnis in letzter Zeit alleine gewohnt hatte, zwar am Vortag an den Eingangstüren versiegelt, es aus Zeitgründen aber noch nicht geschafft, dort systematisch nach Hinweisen im Mordfall Berger zu suchen. Dieser Plan war durch den Brand augenblicklich hinfällig geworden.

„Hier können wir nichts machen", hatte Gerd Scheibler gegen 07.00 Uhr schließlich festgestellt und war mit seinem Team ins Polizeirevier gefahren.

„Wo kriegt man denn in Ellwangen um diese Zeit ein gutes Frühstück?", fragte er, nachdem sich kurz vor 08.00 Uhr alle - heiß geduscht und wieder in trockenen Klamotten – in ihrem Büro versammelt hatten.

„Stadtcafe. Oder in einem der Hotels. In der alten Post gleich nebenan zum Beispiel", antwortete Johannes Häberle.

„Stadtcafe?", sagte Gerd Scheibler und blickte auf eine Antwort wartend in die Runde.

„Okay. Stadtcafe!", bestätigte er, als er von allen ein kurzes Nicken als Zeichen ihrer Zustimmung zu diesem Vorschlag entgegen genommen hatte.

Gleich nach dem Eingang des Stadtcafes setzten sich Gerd Scheibler, Matthias Zabert, Johannes Häberle und Jenny Geiger an einen der runden Tische und bestellten jeweils ein großes Frühstück. Eine Stunde später waren sie schon wieder zurück in der Karlstrasse.

„Der Brand ist doch nicht zufällig heute Nacht ausgebrochen. Oder wie seht Ihr das?", begann Gerd Scheibler sein anschließendes Brainstorming.

„Brandstiftung. Ganz klar! Alles andere wäre zu sehr Zufall", teilte Jenny Geiger als Erste ihre Gedanken mit ihren Kollegen.

„Sehe ich genauso. Vermutlich waren in der Villa irgendwelche Hinweise auf den Mord an Kurt Berger und/oder auf den oder die Täter. Der Einzige, der jetzt nicht mehr ganz in dieses neue Puzzle passt, ist Thomas Holzner. Sollte er tatsächlich der Täter vom Hasenlager sein, worauf ja Einiges hindeutet, kann er aber mit dem Brand nichts zu tun haben. Und seiner Freundin oder deren oder seinen Eltern traue ich das, ehrlich gesagt, nicht zu. Oder was meint Ihr?", brachte sich Johannes Häberle in die Runde ein.

„Ja, das klingt plausibel. Dann würde der Brand jetzt Thomas Holzner entlasten und wir müssten uns eine neue heiße Spur suchen. Dann haben wir außer ein paar Reifen- und Stiefelabdrücken keine verwertbaren Hinweise. Und wenn die sich jetzt auch als kalt herausstellen. Dann… Ja, dann müssen wir neu ansetzen", ergänzte Matthias Zabert.

„Ihr habt wahrscheinlich Recht. Thomas Holzner ist erst einmal aus dem Rennen. Wenn eine Tat aus privaten Motiven ausscheiden sollte, müssen wir uns den Geschäftsmann Kurt Berger näher anschauen. Wie weit ist die Mitarbeiterliste? Und heute kommt doch der Geschäftsführer des Ellwanger Seniorendienstes, Eugen Wolkow, wieder aus Kiew zurück. Mit dem Zug sagtest Du, Jenny? Dann holen wir den Herrn doch vom Bahnhof ab und stellen ihm ein paar Fragen zu seinen Geschäften. Vielleicht ergibt sich daraus ja eine Spur. Zappa, Jenny, Ihr Zwei kümmert Euch um die Mitarbeiterliste. Hannes und ich holen Wolkow ab", fasste Gerd Scheibler seinen neuen Plan zusammen.

„Übrigens, ich muss heute Nachmittag noch mal zum Bestatter. Wegen der Beisetzung meiner Schwiegermutter morgen. So gegen Viertel vier", warf Matthias Zabert ein.

„Ist okay, Zappa. Sag Bescheid, wenn Du gehst", bestätigte Gerd Scheibler und machte sich auf den Weg zu Polizeioberrat Hartig, um ihm über den neuen Sachstand Bericht zu erstatten.

„Hände hoch! Keine Bewegung!", schallte es plötzlich aus dem Erdgeschoss zu ihm herauf, als er gerade am Treppenhaus nach oben abbiegen wollte.

Instinktiv zog Gerd Scheibler seine Pistole und nahm nun doch die Treppe, die nach unten führte.

„Gaaanz langsam! Und jetzt auf die Knie! Und die Waffe gaaanz brav auf den Boden ablegen!", befahl jetzt die gleiche Stimme in einem leicht erregten Unterton.

Gerd Scheibler tastete sich bis zur letzten Treppenstufe nach unten und lugte nun mit einem Auge um die Ecke, um sich ein Bild machen zu können, was im Erdgeschoss gerade vor sich ging.

Zwei uniformierte Beamte hatten ihre Pistolen im Anschlag und mit der Mündung auf die Person gerichtet, welcher die gegebenen Anweisungen gegolten hatten. Gerd Scheibler steckte seine Waffe zurück in das Holster und stellte sich mittig so in den Flur, dass die Kollegen ihn jetzt gut erkennen konnten.

„Das ist doch dieser Brecht!", dachte er dabei, als er den Mann sehen konnte, der gerade ein Jagdgewehr seitlich auf dem Boden ablegte.

In diesem Augenblick stürzten sich die beiden Polizisten auf Bernhard Brecht, drückten ihn zu Boden und legten ihm Handschellen an.

Gerd Scheibler streifte sich Silikonhandschuhe über, griff nach dem Gewehr, zog den Verschluss der Langwaffe zurück, um den Ladezustand zu überprüfen und ließ schließlich den Verschluss wieder in seiner vordersten Stellung einrasten. Die leere Patronenhülse behielt er in seiner Hand.

„Na dann wollen wir doch gleich mal hören, was uns Herr Brecht zu sagen hat. Bringt ihn in den Vernehmungsraum", gab Gerd Scheibler erste Anweisungen an die beiden Uniformierten, die Bernhard Brecht sogleich abführten.

„Und ich brauche Fingerabdrücke von ihm. Das ganze Programm!", rief er noch hinterher, bevor sich die Tür hinter ihnen schloss.

„Wie kam der denn so leicht hier herein? Kann mir das einer von Euch erklären?", fragte er jetzt die umstehenden Kollegen.

„Ich hab ihn auf dem Bildschirm der Überwachungskamera in den Windfang gehen sehen. Um eine weitere Gefährdung der Öffentlichkeit auszuschließen, habe ich ihn in die Schleuse gelassen. Als er dann hier in den Flur kam, haben wir ihn schon in Empfang genommen. Den Rest haben Sie ja selbst miterlebt", berichtete Polizeioberkommissar Schacht.

„Okay, informieren Sie den Chef darüber. Ich gehe in den Vernehmungsraum. Schicken Sie mir bitte die Kollegen Häberle und Geiger herunter. Die sollen mit dazu. Die Waffe kann gleich zur KTU", wies Gerd Scheibler an und machte sich auf den Weg in den Vernehmungsraum, in dem Bernhard Brecht bereits auf einem Stuhl Platz genommen hatte.

Mit den angelegten Handschellen schien die Sitzposition für ihn nicht besonders bequem zu sein. Diesen Eindruck hatte zumindest Gerd Scheibler, der ihn durch den Einwegspiegel im Technikraum beobachtete, bis Johannes Häberle und Jenny Geiger bei ihm eingetroffen waren.

„Wir sollten ihn noch ein paar Minuten schmoren lassen, bevor wir zu ihm hineingehen", schlug Johannes Häberle vor und schaute auf das Zifferblatt seiner Uhr.

19 Ellwangen (13. April 2011)

„Und wie Sie aussehen. Das hat nichts mehr mit seriösem Journalismus zu tun. Für´s Erste sind Sie raus aus der Geschichte. Kollege Kern übernimmt. Er war ja auch heute Nacht schon in der Haller Strasse, als Sie nicht erreichbar waren", stellte der Chefredakteur fest und nickte Elias Kern zu.

Wortlos erhob sich dieser und verließ das Büro seines Chefs.

„Ich weiß nicht, was mit Ihnen los ist, Reiser. Haben Sie irgendwelche Probleme, von denen ich wissen sollte? Wir stecken alle momentan nicht gerade in einer komfortablen Situation. Unser Umsatz geht zurück und - wenn ich ehrlich bin – Ihre Stories waren auch schon mal besser. Ich muss zugeben, dieser Brecht von der SchwäPo hat gerade die Nase ziemlich vorn. In dieser Mordsache hat Sie offensichtlich Ihre Spürnase im Stich gelassen. Nun gut. Der Kern übernimmt. Die Entscheidung steht. Machen Sie ein paar Tage Urlaub. Und wenn ich Ihnen einen Rat unter Kollegen geben darf. Gehen Sie als erstes duschen und schlafen Sie Ihren Rausch aus. Reporter mit Fahne nimmt niemand ernst. Das ist unprofessionell."

Mit hängenden Schultern schlich Frank Reiser aus der Redaktion. Auf dem Parkplatz neben dem Redaktionsgebäude blieb er vor seinem Wagen stehen. Binnen weniger Sekunden waren seine Haare nass und der Regen lief ihm übers Gesicht. Er stützte sich am Dach seines Mercedes ab und starrte in die Scheibe der Fahrertür. Kurz zuckte er zusammen, als ein Zug die Schienen in Richtung Bahnhof entlang donnerte. Das schleifende Geräusch, welches die Zugbremsen verursachten, die das tonnenschwere Ungetüm planmäßig am Bahnsteig zum Stehen bringen wollten, registrierte Frank

Reiser nicht einmal. Zu sehr war er in seinen Gedanken versunken.

Nach ein paar Minuten stieg er in seinen Wagen und fuhr nach Rindelbach. Minutenlang stand er dann unter der Dusche. Heißes Wasser rauschte gegen seinen Brummschädel. Langsam rötete sich die Haut in seinem Nacken und an seinen Schultern.

Ohne die Dusche auszuschalten verlies Frank Reiser das Badezimmer. Nur in seinen Bademantel gekleidet ließ er sich ins Bett fallen und schlief sofort ein.

„Frankie, wo bist Du?", fragte ihn Ellen Steiger.

Wieder konnte er ihr nicht antworten.

„Du wolltest mich doch anrufen", klagte nun Rosemarie Hertel.

„Das ist unprofessionell, Reiser! Das ist unprofessionell! Sie sind raus! Sie sind raus!", hörte er seinen Chefredakteur schimpfen.

„Mord im Hasenlager", las er die Überschrift des Artikels in der SchwäPo.

„Mord im Hasenlager! Mord im Hasenlager! Mord im Hasenlager!", murmelte er immer wieder im Schlaf.

Frank Reiser schreckte hoch.

„Mord im Hasenlager!", durchfuhr es ihn.

Frank Reiser schaute auf die Uhr und lauschte dem strömenden Regen. Strömender Regen?

Frank Reiser sprang auf und ging ins Bad, um die Dusche abzustellen. Zu seinem Glück hatte der Abfluss der Duschwanne gut funktioniert und keine Überschwemmung verursacht.

Gut funktioniert. Das konnte Frank Reiser von sich nicht behaupten. Er hatte sechs Stunden geschlafen.

„Ja, Ellen. Ich wollte mich bei Dir entschuldigen. Ich habe mich wie ein Vollpfosten aufgeführt. Lass uns Essen gehen und über alles reden", sprach er in sein Telefon.

„Ja, Stiftskeller. Um Acht", antwortete Ellen Steiger.

20 Ellwangen (13. April 2011)

„Danke, dass Sie es gleich einrichten konnten, Herr Wolkow", begann Gerd Scheibler die Befragung des Geschäftsführers des Ellwanger Seniorendienstes.

Johannes Häberle und Gerd Scheibler waren zu Fuß zum Bahnhof gegangen und hatten dort die Ankunft von Eugen Wolkow auf dem Bahnsteig abgewartet. Mit etwas Verspätung – wie üblich - traf der Zug aus Stuttgart auf dem Ellwanger Bahnhof ein.

Eugen Wolkow war nicht alleine gewesen. Nachdem Gerd Scheibler ihn angesprochen hatte, stellte er die beiden jungen Frauen in seiner Begleitung als seine Nichten Alexandra und Nadja Timoschenko aus Kiew vor. Johannes Häberle hatte den Dreien geholfen, ihr Gepäck im Dienstraum des Stationsvorstehers zwischen zu lagern. Für ihren Besuch im Ellwanger Polizeirevier würden sie ihre Koffer nicht brauchen.

„Wann haben Sie vom Tod Ihres Geschäftspartners erfahren, Herr Wolkow?"

„Der Portier, Herr Riemann, hat mich gleich am Montagvormittag angerufen. Zunächst hatte er von einem Unfall gesprochen. Der Chef sei vom Gerüst gefallen und hätte sich dabei mit einem Eisenpfosten aufgespießt. Ich habe ihn daraufhin beauftragt, unsere Angestellten nach Hause zu schicken, bis ich wieder da bin. Ich habe dann meinen Besuch in Kiew abgebrochen. Konnte aber keinen früheren Flug nach Stuttgart bekommen", antwortete Eugen Wolkow.

„Herr Wolkow, mittlerweile hat sich herausgestellt, dass es kein Unfall gewesen ist. Wir gehen von einem Tötungsdelikt aus."

„Mord? Wer sollte Kurt ermorden wollen?"

„Ich habe nicht von Mord gesprochen, Herr Wolkow."

„Sie haben gesagt, es war kein Unfall. Haben Sie?"

„Lassen wir das, Herr Wolkow", versuchte Gerd Scheibler zu beschwichtigen.

„Was können Sie mir über Ihre gemeinsamen geschäftlichen Aktivitäten, also Ihre Geschäfte sagen?"

„Ich kenne Kurt seit etwa zehn Jahren. Wir haben uns in Stuttgart kennen gelernt. Seine Frau Leila ist eine entfernte Verwandte von mir. Sie stammt auch aus Kiew so wie ich. Irgendwann hat es nicht mehr geklappt mit den Beiden. Sie haben sich getrennt. Kurt sagte damals, er wolle zurück nach Ellwangen, in seine Heimatstadt. Er hat dann erfahren, dass die Bundesimmobilienanstalt Liegenschaften der Bundeswehr zu einem günstigen Preis verkauft. Der alte Stützpunkt schien ihm ideal. Gute Verkehrsanbindung, aber ruhig gelegen. Da ist man ungestört. Die Idee mit dem Seniorendienst hatte er schon länger. Er hatte mal davon gesprochen, wie es ihm wohl im Alter ergehen würde. Wenn man nicht mehr selbst zum Einkaufen gehen kann und so. Oder auf dem Dorf wohnt. Wir haben das dann mal durchkalkuliert. In ein paar Jahren rechnet sich das sogar. Kurt erlebt das leider nicht mehr."

„Und wie funktioniert der Seniorendienst, Herr Wolkow?"

„Das Prinzip ist ganz einfach. Wer nicht mehr selbst zum Einkaufen gehen kann, beauftragt uns, das zu erledigen. Man wird Mitglied in unserem Verein. Kurt meinte, es wäre besser, wenn das ein eingetragener Verein wäre. Steuerlich. Wegen der Gemeinnützigkeit. Wir sind gemeinnützig. Daran gibt es keinen Zweifel."

„Aber welche Leistungen bieten Sie den Mitgliedern?", wollte Gerd Scheibler wissen.

„Ja, unsere Mitglieder füllen Bestellzettel aus. Das können Lebensmittel sein. Das kann Kleidung sein. Das kann auch eine tägliche Lieferung sein für Brot oder frische Milch. Tägliche Lieferung ist dann natürlich teuerer. Im Prinzip können wir alles liefern, was gewünscht wird. Kurt wollte auch in den Pflegedienst einsteigen. Seniorenversorgung all inklusive sozusagen. Leider haben wir dazu aber noch keine geeigneten Pflegekräfte gefunden. Ob das jetzt noch etwas wird, weiß ich nicht."

„Wie meinen Sie das, Herr Wolkow?"

„Ach, wissen Sie. Das waren alles Kurts Ideen. Er war ein sehr sozial eingestellter Mensch. Deshalb wollte er dieses Projekt auch in seiner Heimatstadt aufziehen. Ich habe ihm dabei nur geholfen. In den geschäftlichen Dingen. Das ist mein Metier, wissen Sie."

„Und wie geht es jetzt weiter mit dem Ellwanger Seniorendienst?"

„Ich habe den Mitarbeitern schon mitgeteilt, dass ich den Verein auflösen werde. Alle haben schon ihre Kündigung."

„Na, das ging ja schnell, Herr Wolkow."

„Wissen Sie, Herr Kommissar. Ich bin für klare Verhältnisse. Das wäre auch in Kurts Sinn gewesen."

„Und wer erbt die Hinterlassenschaften? Seine Exfrau? Oder gibt es Kinder?"

„Nein. Leila und Kurt hatten keine gemeinsamen Kinder. Soweit ich weiß, hat Kurt das so geregelt, dass seine Häuser in Stuttgart in eine Stiftung einfließen, Leila bekommt etwas Bargeld. Sein Haus in Ellwangen erbt sein Cousin. Ich glaube, der wohnt in Australien. Oder Neuseeland? Irgendwo dahinten am Arsch der Welt. Ich weiß es nicht."

„Okay. Und was ist mit dem Gelände des Vereins? An wen geht das?"

„Warum wollen Sie das wissen, Herr Kommissar?"

„Ja, immerhin ist dort draußen Herr Berger zu Tode gekommen."

„Das Gelände gehört mir. Da gibt es nichts zu erben. Ich werde das Gelände weiter geschäftlich nutzen."

„Aber Sie sagten doch gerade, dass Sie den Seniorendienst nicht weiterführen werden. Oder habe ich Sie falsch verstanden, Herr Wolkow?"

„Herr Kommissar, ich habe nicht gesagt, dass ich den Verein weiterführen werde. Aber ich werde unseren neuen Geschäftszweig weiterführen."

„Machen Sie es nicht so spannend, Herr Wolkow. Worum geht es dabei?"

„Kurt und ich wollten dort ein Bordell aufmachen. So wie es aussieht, werde ich das jetzt alleine tun. Sie haben sich doch sicher die Baustelle angeschaut. Wenn das bald fertig gestellt ist, haben wir ein kleines schnuckeliges Etablissement da draußen."

Damit hatte Gerd Scheibler nicht gerechnet. Kurt Berger, der Wohltäter. Oberbürgermeisterkandidat. Beinahe. Und ausgerechnet der wollte einen Puff betreiben. Gerd Scheibler wurde neugierig.

„Und wer wusste von diesen Plänen? Das muss doch erst einmal von der Verwaltung genehmigt werden."

„Wieso? Das ist doch schon längst durch. Oder glauben Sie tatsächlich, dass wir unser Geld in dieses Projekt gesteckt hätten, wenn wir nicht längst die Genehmigung der Bauverwaltung in der Tasche hätten?"

„Herr Wolkow, ich danke Ihnen für dieses Gespräch. Bitte halten Sie sich zur Verfügung, falls es noch weitere Fragen geben sollte", beendete Gerd Scheibler höflich die Befragung.

„Keine Ursache, Herr Kommissar."

„Das ist ja vielleicht ein abgewichster Gauner. Keine Ursache, Herr Kommissar", äffte Johannes Häberle Eugen Wolkow nach, nachdem dieser den Vernehmungsraum verlassen hatte.

„Zieht hier einen Puff auf und macht einen auf sozial. Seniorendienst! Das ich nicht lache!"

„Lass gut sein, Hannes! Jetzt knöpfen wir uns erst einmal diesen Brecht vor."

21 Ellwangen (13. April 2011)

„Hat jetzt doch etwas länger gedauert, Herr Brecht", begann Gerd Scheibler in einem ruhigen, aber leicht sarkastischen Tonfall.

Über zwei Stunden hatten sie Bernhard Brecht in einem der gut geheizten Vernehmungsräume warten lassen. Gerd Scheibler wollte zuerst Eugen Wolkow befragen. Er hatte nämlich keine konkrete Veranlassung, diesen länger als nötig zu behelligen. Dessen Alibi war zumindest auf den ersten Blick wasserdicht.

Eugen Wolkow war zwar offensichtlich ein aalglatter Hund, dem Gerd Scheibler nicht ohne Not so einfach über den Weg trauen wollte. Aber seine Geschichte hatte eine gewisse Logik gehabt. Selbst seine beiden Nichten Alexandra und Nadja Timoschenko passten dazu. Ob sie wirklich mit Wolkow verwandt waren oder die ersten Nutten für den neuen Puff, würde Gerd Scheibler noch herausfinden. Unter dem Strich hatte er momentan aber gegen Wolkow nichts in der Hand.

Bei Bernhard Brecht lagen die Dinge etwas anders. Die KTU hatte mittlerweile festgestellt, dass an dem Jagdgewehr nur die Fingerabdrücke von Bernhard Brecht nachgewiesen werden konnten.

„Ich kann Ihnen nur raten, mich sofort freizulassen", antwortete Bernhard Brecht giftig.

„Sonst?"

„Was sonst?"

„Ja. Sonst."

„Was sonst?", fragte Bernhard Brecht verdutzt.

„Na, Sie müssen mir schon sagen, was passiert, wenn ich Sie nicht sofort freilasse. Schreiben Sie dann einen bösen Artikel über mich? Ich kann Ihnen nur raten, mit uns zu kooperieren. Sonst. Sonst schreiben Sie längere Zeit überhaupt keine Artikel mehr. Weder über mich noch über sonst jemanden. Oder nur für die Gefängniszeitung. Haben Sie das verstanden, Herr Brecht? Und jetzt heraus mit der Sprache! Woher stammt die Waffe, Herr Brecht?"

„Du kannst ja richtig böse werden, Gerd", stellte Johannes Häberle fest, als Gerd Scheibler nach der Vernehmung von Bernhard Brecht in den Technikraum gekommen war.

Sie hatten wenig Neues erfahren von dem Reporter. Er hatte die Waffe in der Nähe des Zauns beim Hasenlager im Gebüsch gefunden und sie erst einmal an sich genommen. Am Donnerstag würde in der SchwäPo ein spannender Artikel über seine eigenen Ermittlungen und den Fund der Waffe, aus seiner Sicht natürlich die Tatwaffe, erscheinen. Am Gewehr waren seine Fingerabdrücke dran. Das hatte aber nichts zu bedeuten. Wohl oder übel hatte Gerd Scheibler den Reporter wieder auf freien Fuß setzen müssen. Dessen Artikel würden sie am nächsten Tag lesen können.

„Habe ich ganz vergessen. Zappa ist schon weg zum Bestatter. Er kommt aber wieder. Soll ich Dir von ihm ausrichten, Gerd", meldete Jenny Geiger, als sie in das Büro zurückgekommen waren, um die Ergebnisse des heutigen Tages zusammen zu tragen.

„Das hat mir gerade noch gefehlt."

„Gerd, was hat Dir noch gefehlt?", wollte Johannes Häberle wissen.

„Das Gewehr ist auf Kurt Berger ordnungsgemäß registriert. Es könnte die Tatwaffe sein. Da wir bisher kein Projektil gefunden haben, ist das noch nicht endgültig bewiesen. Wenn ja, hat der Täter ihn mit seinem eigenen Jagdgewehr sozusagen erlegt. So makaber das jetzt auch klingt. Das wiederum würde jetzt doch zu Thomas Holzner passen. Nehmen wir mal an, dass er ins Hasenlager gefahren ist. Er steigt über das hintere Tor. Hat vielleicht das Auto von Berger im Lager stehen sehen. Das Standlicht war ja noch an, als der Wachdienst morgens ins Hasenlager kam und Berger gefunden hat. Holzner sieht also Berger auf dem Gerüst an der Plane herumzerren."

„Aber wie ist er an die Waffe gekommen?"

„Das war wahrscheinlich kein Problem. Einer der Angestellten des EllSD hat ausgesagt, dass Berger regelmäßig auf der Jagd gewesen ist und sein Gewehr manchmal offen auf der Rücksitzbank seines Geländewagens gelegen hat."

„Du meinst, der Holzner geht an dem Wagen vorbei, sieht die Waffe und nimmt sie an sich?"

„Ja, so könnte es gewesen sein. Er nimmt also die Waffe, klettert auf das Gerüst. Stellt Berger wegen seiner Freundin zur Rede. Berger streitet wahrscheinlich alles ab. Stellt es möglicherweise so dar, dass Susanne Thamm ihrerseits ihn angebaggert hat, um sich in seiner Firma hochzuschlafen. Holzner rastet daraufhin aus und schießt auf Berger. Rennt weg. Wirft die Tatwaffe ins Gebüsch, braust mit seinem Motorrad davon und baut einen Unfall."

„Stopp, Hannes!"

„Was ist los, Gerd?"

„Was passt an Deiner Geschichte nicht?"

„Was meinst Du, Gerd?"

„Jenny, kann es so gewesen sein?"

„Klingt recht plausibel. Ach! Du meinst die Eisenstange?"

„Genau, Jenny! Wenn sich das so abgespielt hat, dann hätten wir einen erschossenen Berger gefunden. Holzner hat aber sicher keine Pause gemacht und überlegt, wie er die Tat jetzt vertuschen kann, dann eine Eisenstange genommen und Berger damit gepfählt. Nein. Das passt nicht zusammen. Was schließen wir also daraus?"

„Das Holzner die Tat nur beobachtet hat?"

„Bingo, Jenny! Thomas Holzner ist unser Zeuge."

22 Stiftskeller (13. April 2011)

Karl Geiger hielt den Schirm mit beiden Händen fest, um gegen den Wind anzukämpfen, der seit ein paar Stunden die Regentropfen durch die Karlstrasse scheuchte.

„Guten Abend, Chef", hatten einige ältere Beamte ihn im Vorbeigehen gegrüßt, wie er so vor dem Eingang des Polizeigebäudes auf seine Enkelin wartete.

Anscheinend war er bei seinen ehemaligen Untergebenen doch noch nicht in Vergessenheit geraten, seit er Ende des vergangenen Jahres in Pension gegangen war.

„Hallo Opa", begrüßte ihn Jenny Geiger und drückte sich kurz an ihn.

„Hallo Jenny", erwiderte Karl Geiger und ließ mit einer Hand den Regenschirm los, um seine Enkelin zu umarmen.

Beinahe hätte ihm eine Windböe seinen Regenschutz weggerissen. Zehn Minuten später stiegen sie die Steinstufen zum Stiftskeller hinab. Im Kellergewölbe des Restaurants angekommen, wurden sie schon von der Chefin freundlich in Empfang genommen.

„Guten Abend, Herr Geiger! Schön, Sie wieder mal hier zu haben. Ihr alter Tisch ist natürlich wieder für Sie reserviert. Ich komme gleich zu Ihnen hoch."

Karl Geiger stieg die Treppe zur Empore hoch und steuerte zielsicher den letzten Tisch an. Viele Abende hatte er hier oben verbracht. Von seinem Platz aus hatte er nahezu das ganze Lokal und den Eingang zum Gastraum im Blick, aber auch genügend Ruhe, um sich ungestört zu unterhalten.

„Na Jenny, wie gefällt es Dir?", fragte er seine Enkelin, während er seine cremige Pilzsuppe löffelte.

„Gut", antwortete Jenny Geiger, die sich an einem Vorspeisensalat zu schaffen machte, den sie sich am Salatbüfett zusammengestellt hatte.

„Und wie kommst Du mit meinem Nachfolger zurecht? Und mit Zappa?"

„Herr Hartig ist ein guter Chef, soweit ich das beurteilen kann. Er will zwar ständig über den Stand der Ermittlungen Bescheid wissen. Ich denke aber, dass das sein gutes Recht ist. Schließlich muss er ja auch für alles seinen Kopf hinhalten."

„Schön, dass Du das so siehst. Aus Dir wird einmal eine gute Kommissarin. Da bin ich mir sicher. Als Chef hat man es nicht immer einfach. Aber es ist eine schöne Aufgabe, Verantwortung zu übernehmen. Von Karl Hartig kannst Du viel lernen. Für meinen Geschmack ist er manchmal nur ein bisschen zu ehrgeizig. Ehrgeiz ist eigentlich eine positive Eigenschaft. Nur wer sich Ziele setzt, wird etwas erreichen. Aber zu viel Ehrgeiz kann einem auch im Weg stehen. Da musst Du aber selbst darauf kommen, wie viel Ehrgeiz Dir gut tut. Der Zappa könnte sich von Hartig manchmal eine Scheibe abschneiden. Der Zappa ist ein guter Polizist. Deshalb habe ich Hartig auch darum gebeten, dass er Dich in Deinem Praktikum mit Zappa zusammen losschickt."

„Der Zappa nimmt es halt manchmal mit den Vorschriften nicht so genau."

„Aha. Was meinst Du damit?"

„Vor zwei Wochen waren wir in Rindelbach gewesen. Pizza für die Kollegen holen. Plötzlich ruft er ‚Achtung Jenny! Einsatz!' und schaltet Blaulicht und Martinshorn ein. Mit Vollgas sind wir dann an der Jagst entlang gefahren. Beinahe wären mir die Pizzakartons in den Kurven aus der Hand gerutscht. Als ich dann gesagt habe, dass das doch verboten wäre, hat er nur gelacht. Wenn Gefahr im Verzug ist, wäre das schon erlaubt, meinte er dann. Ich fragte ‚Gefahr im Verzuge?' Da hat er noch mehr gelacht. ‚Wenn die Pizza kalt wird, ist doch Gefahr im Verzug', hat er dann gesagt. Ich fand das nicht witzig. An der Abzweigung zur Karlstrasse musste ein Autofahrer wegen uns so heftig bremsen, dass ihm beinahe ein anderes Auto hinten draufgefahren wäre."

„Das sieht dem Zappa ähnlich. Aber er ist ein guter Polizist. Er hat das Herz am rechten Fleck. Vorschriften sind nicht immer das einzig Wahre. Da gehört auch Fingerspitzengefühl dazu. Schließlich hat man es in unserem Beruf mit Menschen zu tun. Menschen, denen wir aus der Not helfen können. Aber auch manchmal Menschen, denen wir wehtun müssen. Oder die anderen Menschen wehgetan haben. Du musst halt lernen, wo die Grenzen sind. Verstehst Du das?"

„Ich glaube schon. Ich komme mit Zappa ja ganz gut aus. Manchmal ist er aber ein ziemlicher Macho."

„Das kann ich mir bei ihm gut vorstellen. Angeblich war er in seiner Jugend ein unternehmungslustiges Kerlchen. Zum Glück hat er sich rechtzeitig entschieden, auf welcher Seite des Tresens im Polizeirevier er in seinem Leben stehen möchte. Von älteren Kollegen habe ich da einige haarsträubende Geschichten gehört. Die darf ich Dir gar nicht erzählen. Sonst würde Dein Weltbild einen schönen Riss bekommen."

Sie unterbrachen ihre Unterhaltung, um sich ganz dem Wildgulasch zu widmen, das nun einladend auf dem warmen Teller angerichtet war.

Jenny Geiger hatte die Familientradition fortgesetzt und war, genau wie ihr Vater und Großvater, zur Polizei gegangen. Es war für sie deshalb nichts besonderes, mit ihrem Großvater beim Essen über dienstliche Sachen zu reden. Schließlich hatte er sie bei ihrem Berufswunsch immer gefördert. Das Ellwanger Revier schien Karl Geiger für seine Enkelin ideal zu sein, um dort in der Obhut von erfahrenen Kollegen ihr Praktikum zu absolvieren, bevor sie den nächsten Ausbildungsabschnitt auf der Karriereleiter des gehobenen Polizeidienstes beginnen konnte. Karl Geiger hatte seinen Nachfolger deshalb darum gebeten, seine Enkelin Matthias Zabert zuzuteilen.

„Und wie kommt Ihr mit den Ermittlungen in der Mordsache Berger voran?"

„Ehrlich gesagt, haben wir noch keine heiße Spur. Alles, was wir bisher haben, sind Spekulationen. Wir haben zwar schon ein paar brauchbare Hinweise bekommen. Aber einen Täter oder ein Motiv haben wir noch nicht. Ist das normal, dass das so langwierig ist?"

„Jenny, Polizeiarbeit ist eine ständige Geduldsprobe. Und viel Fleiß. Eine Spur nach der anderen muss verfolgt werden. Du musst wie ein Spürhund dahinter her sein. Hartnäckig sein. Niemals aufgeben. Manchmal musst Du auch auf den Kollegen Zufall vertrauen. Kommissar Zufall spielt Dir manches Mal einen Ball ins Feld. Dann musst Du da sein und die Vorlage verwandeln. Was hältst Du von dem Kollegen Scheibler?"

„Der Gerd ist ein netter Kollege. So wie der uns als Team führt, möchte ich das auch mal machen. Ruhig, ohne Hektik. Bei den bisherigen Vernehmungen ist der immer ganz sachlich geblieben. Nur den Brecht von der Presse hat er ganz schön auflaufen lassen. Können wir gegen diese Zeitungsheinis nichts machen?"

„Sieh es mal so. Wenn nichts passiert, haben die nichts zu schreiben. Wenn was passiert ist, wollen sie natürlich immer die große Story. Zur Not ziehen die dann selbst los, um die große Geschichte aufzureißen. Letztes Jahr hatte ich den Reiser von der Ipf- und Jagst ständig zwischen den Beinen. Aber unter dem Strich sind wir auch darauf angewiesen, dass über uns und unsere Arbeit positiv berichtet wird. Tue Gutes und sprich darüber. Alte Weisheit aus der Werbebranche."

„Zum Glück kümmert sich auch darum unser Chef. Dieses Pressegetümmel ist mir zuwider."

„Das wird schon noch. Bei Deinem Vater und mir hat das auch gedauert, bis wir das verstanden haben."

23 Hasenlager (13. April 2011)

Gerd Scheibler hatte kurz nach 19.00 Uhr sein Büro verlassen. Nachdem Jenny Geiger von ihrer Abendpause zurückgekommen war, hatte er sie, Johannes Häberle und Matthias Zabert kurz über den Bericht der Brandermittler gebrieft, der mittlerweile eingetroffen war.

„Den Besuch in Bergers Villa - oder was davon übrig geblieben ist - können wir uns morgen sparen. Die Kollegen gehen eindeutig von Brandstiftung aus. Die komplette Inneneinrichtung wurde eingeäschert. Da ist selbst für Puzzlefreunde nichts mehr zu holen. Der Waffentresor ist sogar geschmolzen von der Gluthitze. Interessant daran ist, dass doch noch die Überreste von drei Revolvern, zwei Pistolen und vier Gewehren in dem verzogenen Stahlknäuel gesichert werden konnten. Fünf Gewehre waren auf Berger registriert. Das würde also auch passen. Ein Gewehr ist nicht im Tresor gewesen. Unsere mutmaßliche Tatwaffe. Er hat sein Jagdgewehr mit hoher Wahrscheinlichkeit also in seinem Wagen liegen gehabt, als er seine letzte Fahrt ins Hasenlager angetreten hat", informierte Gerd Scheibler sein Team über die neue Situation.

„Gibt es eine Spur, wer den Brand gelegt haben könnte?", fragte Jenny Geiger nach.

„Nein. Nichts. Kein konkreter Hinweis. Aber die Kellertür ist offensichtlich aufgebrochen worden und der Brand im Erdgeschoss gelegt worden. Wenn keine weiteren Fragen sind, machen wir für heute Schluss."

Hinter der Reinhardt-Kaserne bog Gerd Scheibler in Richtung Hasenlager ab, um seinen Heimweg nach Aalen kurz zu unterbrechen. Etwa eine halbe Stunde stand er mit seinem Wagen vor der Einfahrt zu dem Gelände, in dem der Mord passiert war.

„Endlich hört der Regen ein wenig auf", dachte Gerd Scheibler und stieg aus.

Er zündete sich eine Zigarette an und starrte in die dunkle Nacht. Durch den Zaun des Hasenlagers konnte er die beleuchteten Fenster der Baustelle des Verwaltungsgebäudes gut erkennen. In wenigen Minuten würde der Wachmann das Licht ausmachen und das Gelände verschließen, so wie das sein Wachplan vorsah. Bis 06.00 Uhr lag das Gelände dann verlassen da, bis der erste Wachmann der Tagschicht das Tor wieder öffnete, damit ab 07.00 Uhr der Betrieb des EllSD anlaufen konnte. Gerd Scheibler wusste jedoch von Eugen Wolkow, dass dies am nächsten Tag nicht der Fall sein würde. Und auch an den folgenden Tagen nicht.

In der frischen Luft wollte Gerd Scheibler in der Nähe des Tatorts seinen Gedanken über den Fall Berger freien Lauf lassen. Ab und zu hörte er das Geräusch eines Autos auf der Verbindungsstrasse nach Dalkingen. Und aus der Richtung des Jagst-Tals war ständig ein gleichmäßiger Lärmpegel des Verkehrs auf der B 290 als Hintergrundrauschen zu vernehmen. Nachdem er die dritte Zigarette zu Ende geraucht hatte, setzte er sich wieder in sein Auto, zumal das Aprilwetter damit begonnen hatte, den nächsten Regenguss über der Ostalb abzuladen. Ohne eine neue Idee zur Aufklärung des Berger-Falls fuhr er nach Hause. Heute war aus dem Kinoabend mit seiner Frau wieder nichts geworden.

Bernhard Brecht hatte dagegen gar nicht vorgehabt, ins Kino zu gehen. Sein großes Kino war momentan der Mordfall Berger. Und es lief ganz gut für ihn. Sein Kontakt bei der Aalener Kripo hatte ihm den Obduktionsbericht zugespielt. Damit konnte er in seiner Geschichte über den Tod von Kurt Berger bereits von einem Verbrechen schreiben, während Frank Reiser von der Konkurrenz noch von einem Unglücksfall ausgegangen war. Bernhard Brecht hatte einen Vorsprung, den er so schnell nicht hergeben wollte. Der Fund des Gewehrs war natürlich ein Glückstreffer für ihn gewesen. Die Nummer im Polizeirevier war dann das Sahnehäubchen drauf. Dass Kriminalrat Scheibler nicht gut auf ihn zu sprechen war, konnte Bernhard Brecht verschmerzen. Er hatte sogar ein gewisses Verständnis dafür. Schließlich hatte er die Polizei schlecht aussehen lassen. Und sein nächster Zeitungsartikel würde auch nicht zur Beruhigung der Ermittler beitragen. Jedenfalls hatte er sich von den Einschüchterungsversuchen der Polizei nicht beeindrucken lassen. Der ganz große Knüller sollte aber noch kommen. Deshalb hieß es für Bernhard Brecht jetzt einfach: Dranbleiben an der Story!

Er hatte nicht lange in der Karlstrasse warten müssen, bis er Gerd Scheibler folgen konnte. Sein Instinkt als Reporter hatte ihm gesagt, dass er sich an Scheibler dranhängen musste, um über die nächsten Schritte der Polizei im Bilde zu sein. Als Scheibler ins Hasenlager abgebogen war, fuhr er selbst bis zur nächsten Einfahrt in einen Waldweg weiter, stellte dort seinen Spitfire ab und umrundete zu Fuß das eingezäunte Gelände. Mittlerweile kannte er sich in der Umgebung des ehemaligen Militärstützpunktes so gut aus, dass er sich auch bei Dunkelheit und Regen zu Recht finden konnte.

Wie er es vermutet hatte, beobachtete Kriminalrat Scheibler die Einfahrt zum Hasenlager. Die Glut seiner Zigarette verriet seinen Platz. Bernhard Brecht kletterte auf einen Hochsitz, um von dort aus - einigermaßen gegen den Regen geschützt – abzuwarten, was geschehen würde. Kurz nach 20.00 Uhr hatte der Wachmann das Tor abgeschlossen und war in Richtung Ellwangen davongefahren. Wenige Minuten später hatte auch der Polizist die Szene verlassen.

Bernhard Brecht hätte jetzt auch nach Hause gehen können. Er glaubte jedoch zu wissen, dass es für ihn noch etwas zu sehen geben würde.

24 Stiftskeller (13. April 2011)

„Guten Abend, Ihr Zwei!", begrüßte die Chefin des Restaurants Stiftskeller ihre Stammgäste Ellen Steiger und Frank Reiser und ging zu dem für sie reservierten Tisch auf der Empore voraus.

„Was darf ich Euch denn zu trinken bringen?", fragte sie, nachdem sie die Speisekarten auf dem Tisch platziert und routiniert das Teelicht in der kleinen Tischlaterne angezündet hatte.

Ellen Steiger bestellte Mineralwasser und ein Viertel Trollinger. Frank Reiser orderte ebenfalls ein Viertel des Rotweins und begann, in der Speisekarte zu blättern.

„Ich war etwas überrascht, dass Du heute für mich Zeit hast, Frank", sagte Ellen Steiger und blickte ihrem Gegenüber dabei tief in die Augen.

„Ja, ich war heute selbst von mir überrascht. Du hattest Recht gestern Abend. Ich nehme mir zu wenig Zeit für Dich. Vielleicht habe ich auch etwas überreagiert. Ich bin eigentlich kein eifersüchtiger Mensch. Aber gestern hatte ich kurz das Gefühl, eifersüchtig sein zu müssen. Gibt es einen Grund dafür, Ellen?"

„Frankie, Du hast zu viel Phantasie. Ich bin mit Karl Hartig Essen gewesen. Er wollte noch auf einen Absacker zu mir in die Wohnung kommen. Völlig harmlos."

„Okay. Vergiss es. Entschuldige bitte. Ich bin momentan nicht gut drauf. Irgendwie ist mir die Orientierung etwas abhanden gekommen."

„Du musst Dich doch bei mir nicht entschuldigen. Ich sehe doch, dass Du etwas durchhängst. Mit der Zeitung hast Du auch Stress. Da wäre es doch kein Wunder, wenn Du etwas dünnhäutig bist."

„Woher weißt Du das denn mit der Zeitung?"

„Der Chefredakteur hat mich angerufen. Ich sollte Dir ins Gewissen reden. Er will Dich nicht verlieren.

Aber so wie Du momentan drauf bist, brauchst Du anscheinend eine Auszeit. Meinte er."

„Der spinnt doch. Wieso ruft der Dich an?"

„Eigentlich ging es ja um meine Kandidatur."

„Als Oberbürgermeisterin?"

„Ja. Ich hatte ihn gebeten, eine kleine Kampagne für mich zu starten. Ich hätte auch gern meinen Werbevertrag mit ihm etwas langfristiger gestaltet. Schließlich schalte ich regelmäßig Werbeanzeigen in Eurer Zeitung."

„Lass mich raten. Er hat abgelehnt?"

„Ja. Er könne so etwas nicht machen. Von wegen Unabhängigkeit der Presse, Meinungsfreiheit, etc., etc."

„Und womit hast Du ihm dann gedroht? Das lässt Du doch nicht auf Dir sitzen? Dazu kenne ich Dich zu gut. Was hast Du gemacht?"

„Frankie, ich hab gar nichts gemacht. Natürlich habe ich den Werbevertrag gekündigt. Was sollte ich denn sonst machen. Glaubst Du, ich lass mir von dem auf der Nase herumtanzen. Wo käme ich denn da hin? Wer glaubt der denn, wer er ist?"

„Jetzt weiß ich auch, warum der auf mich so einen Hals hatte. Der denkt, die Idee mit der Wahlkampagne kommt von mir. Deshalb hat er mich an die Luft gesetzt. Es ging gar nicht um meine Arbeit. Es ging um Dich und Dein Geld. Ständig geht es nur um Dich und Dein Geld. Du kannst nicht alles damit kaufen!", redete sich Frank Reiser plötzlich in Rage.

„Frankie, was ist los mit Dir? Mein Geld ermöglicht uns ein sorgenfreies Leben. Was ist so schlecht daran? Wir sollten einfach gemeinsam in Urlaub fahren. Einfach weg von hier. Weg von diesem Sauwetter. Ständig dieser Regen. Sonne, Wärme, das wäre es jetzt. Dann kämst Du auch auf andere Gedanken. Glaub mir."

„Und Deine Kandidatur? Du kannst doch nicht in Urlaub fahren, wenn Du OB werden willst."

„Vielleicht will ich das ja gar nicht wirklich. Ich hab mir das überlegt. Ich ziehe meine Kandidatur wieder zurück. Ich hab gar keine Lust auf eine erneute Schlappe. Ich hab doch gegen den OB gar keine Chance. Selbst die CDU und die SPD wollen keinen Gegenkandidaten aufstellen, weil der Wahlkampf rausgeschmissenes Geld ist, wenn man keine echte Chance hat."

„Das wird ja eine richtig spannende Wahl am 15. Mai mit nur einem Kandidaten", kommentierte Frank Reiser mit sarkastischem Unterton.

„Wollten wir nicht über uns reden, Frankie?"

Mittlerweile war das Essen serviert worden, aber sowohl Ellen Steiger als auch Frank Reiser stocherten mehr oder weniger lustlos auf ihrem Teller herum.

„Wann ziehst Du eigentlich bei mir ein, Frankie? Dein Elternhaus ist verkauft, der Rohbau ist auch weg. Dich hält doch nichts mehr in Rindelbach."

„Soll ich wirklich zu Dir ins Hotel ziehen, Ellen?"

„Warum beantwortest Du meine Frage mit einer Gegenfrage? Vom Hotel habe ich doch nicht gesprochen. Ich wollte lediglich wissen, ob Du mit mir zusammen ziehen willst. Nicht mehr und nicht weniger. Wo das sein wird, ist mir grundsätzlich egal. Ist das denn so schwer zu verstehen?", ereiferte sich jetzt Ellen Steiger und legte ihr Besteck geräuschvoll auf dem Teller ab und wischte sich mit der Serviette die Bratensauce aus dem Mundwinkel.

Statt zu antworten, ließ Frank Reiser ebenfalls Messer und Gabel sinken und schob den erst halb geleerten Teller von sich weg zur Tischmitte.

„Keine Antwort ist auch eine Antwort!", sagte Ellen Steiger trotzig, blieb - um ihre Fassung ringend - kurz sitzen, stand dann aber auf und verließ den Stiftskeller.

„War etwas nicht in Ordnung?", fragte die Chefin, als Ellen Steiger grußlos an ihr vorübergegangen war.

„Nein. Mit dem Essen war alles in Ordnung."

25 Ellwangen (13. April 2011)

„Wo ist eigentlich der Karton aus dem Wagen hingekommen", fragte Matthias Zabert Jenny Geiger, die an ihrem Schreibtisch saß und an ihrem Computer arbeitete.

„Ist alles schon erledigt. Morgen bekommen wir den Abgleich. Kein Problem", antwortete sie, ohne ihren Blick vom Bildschirm abzuwenden.

„Wie? Schon erledigt."

„Na, Du warst ja heute Nachmittag nicht da. Ich hab den Kofferraum des Wagens ausgeräumt. Da habe ich die Schachtel mit den Gläsern und der Geldkassette gleich zur KTU gebracht. Du musst Dich ja nicht selbst um alles kümmern. Das kann ich auch alleine. Ich muss schließlich auch den Kleinkram lernen. Ich hab gleich eine Liste gemacht mit den Zahlen, die Du auf die Tüten geschrieben hast. Mittlerweile haben wir von allen Mitarbeitern des EllSD die Fingerabdrücke. Die Ergebnisse müssten bis morgen da sein. Ich kümmere mich gleich in der Früh darum."

„Mist!", dachte Matthias Zabert.

So hatte er sich das nicht gedacht. Eigentlich wollte er nach Dienstschluss mit seinen „Beweismitteln" selbst in die KTU gehen, um dort die Fingerabdrücke abzunehmen und zu vergleichen. Ganz so leicht wollte er es der Verwandtschaft seiner Frau doch nicht machen. Jetzt hatte Jenny Geiger seine Pläne leicht torpediert. Matthias Zabert konnte und wollte seiner Praktikantin aber jetzt keinen Fehler vorwerfen. Schließlich konnte sie am allerwenigsten dafür, dass er heute einfach den ganzen Tag über nicht dazu gekommen war, sich um seinen privaten Kram, den Karton samt Inhalt, zu kümmern.

Matthias Zabert schloss die Bürotür hinter sich, nachdem er sich von Jenny Geiger verabschiedet hatte.

Auf dem Flur begegnete ihm Johannes Häberle, der mit seiner Dienstmütze aufgeregt wedelte.

„Zappa, komm mit! Ich hab Dich schon gesucht. Großeinsatz! Wir müssen sofort ins Beluga", sprudelte es aus dem Kollegen heraus, der sofort auf dem Absatz kehrt machte und den Flur entlang voraus lief.

Ein paar Minuten später brausten sie mit hoher Geschwindigkeit die Neunheimer Strasse hoch in Richtung Gewerbegebiet. Mit eingeschaltetem Blaulicht und Martinshorn ignorierten sie das Rot der beiden Ampeln, die sich ihrer Einsatzfahrt in den Weg stellen wollten. Die letzten Meter bis zum Beluga mussten sie dann jedoch im Schritttempo zurücklegen, da eine größere Anzahl an Schaulustigen den Stichweg blockierte, an dessen Ende sich das Beluga befand. Mehrere Einsatzfahrzeuge erhellten mit ihren unsynchron, aber irgendwie doch rhythmisch blinkenden Blaulichtern den verregneten Nachthimmel über dem Gewerbegebiet Neunheim.

Polizeioberrat Hartig stand in der Mitte einer Traube von Polizeibeamten, ihm gegenüber Rudolf Kappel, der Betreiber des Beluga. Als Johannes Häberle und Matthias Zabert sich bei ihrem Chef melden wollten, konnten sie das ramponierte Gesicht des Bordellchefs erkennen.

„Abführen!", befahl Polizeioberrat Hartig mit betont markiger Stimme.

Solche Auftritte in der Öffentlichkeit waren genau nach seinem Geschmack. Als sich der Kastenwagen mit Rudolf Kappel als Passagier in Bewegung setzte, fing auch das Martinshorn des Polizeifahrzeugs wieder an zu heulen, obwohl es für den Einsatz der Polizeisirene eigentlich keinen Grund mehr gab.

„Was war denn los?", fragte Matthias Zabert einen uniformierten Kollegen an der Absperrung.

„Der Kappel Rudi wollte abhauen. Die Kollegen haben ihn dann festgenommen. Dabei kam es zu einem

Handgemenge. Das Beluga wird gerade durchsucht. Ein paar von den Nutten sollen illegal hier sein."

„Okay. Gibt es für uns noch was zu tun?", hakte Johannes Häberle schnell nach.

„Meldet Euch einfach beim Chef ab. Ich glaub, die kommen auch ohne Euch zurecht."

Eine halbe Stunde später konnten Matthias Zabert und Johannes Häberle wieder in Richtung Innenstadt zurück fahren. Eigentlich hatten sie seit geraumer Zeit Dienstschluss gehabt.

„Warum habt Ihr mich nicht mitgenommen?", fragte Jenny Geiger ihre beiden Kollegen in einem vorwurfsvollen Ton.

„Männersache!", antwortete Matthias Zabert, als er seine Dienstmütze auf den Schreibtisch gelegt hatte.

„Ihr seid so gemein!"

„Reg Dich ab, Jenny! Wir sind auch erst vor Ort gewesen, als die Sache im Prinzip schon vorbei gewesen ist", beschwichtigte Johannes Häberle.

Plötzlich ging die Tür auf und Gerd Scheibler reckte seinen Kopf herein.

„In zehn Minuten beginnt die Vernehmung. Ich rauch schnell noch Eine. Wir treffen uns im Technikraum", warf Gerd Scheibler seinem Team ein paar Wortfetzen hin und verschwand wieder.

„Ob das für Gerds Frau mit dem Kino diese Woche noch was wird?", kommentierte Jenny Geiger grinsend.

Eine Viertelstunde später saßen alle wie bei ARD und ZDF in der ersten Reihe hinter dem Einwegspiegel des Technikraums. Ihr Chef, Karl Hartig, wollte die Vernehmung von Rudolf Kappel selbst durchführen.

„Sie haben gewusst, dass Kurt Berger eine Lizenz für ein Bordell beantragt und genehmigt bekommen hat. Stimmt´s? Das wollten Sie nicht hinnehmen und haben den zukünftigen Konkurrenten deshalb beseitigt", kam

Polizeioberrat Hartig eine Stunde später auf den be-rühmten springenden Punkt.

Rudolf Kappel hatte bislang jegliche Beteiligung am Tod von Kurt Berger abgestritten. Sein vorgebrachtes Alibi hatte aber Polizeioberrat Hartig nicht überzeugen können. Die meisten Fragen hatte er zudem mit grim-migem Schweigen beantwortet.

Wieder schwieg Rudolf Kappel.

„Ich frage Sie ein letztes Mal. Hatten Sie Kenntnis von der Pufflizenz für Berger?"

Karl Hartig schlug mit der flachen Hand auf den Tisch, sodass die Plastikflasche umfiel und wegrollte. Da der Deckel der Flasche nicht richtig geschlossen war, spritzte das Wasser wie aus einem kleinen Duschkopf auf die Tischoberfläche, bis die Flasche zu Boden fiel.

„Ja, hatte ich", flüsterte Rudolf Kappel.

„Ach, werden wir jetzt etwa gesprächiger, Herr Kap-pel? Ich kann Sie aber ganz schlecht verstehen. Also noch mal! Hatten Sie Kenntnis von der Pufflizenz für Berger?"

„Ja, hatte ich", wiederholte Rudolf Kappel nun mit lauterer Stimme.

„Und woher hatten Sie Kenntnis?"

Wieder schwieg Rudolf Kappel.

„Woher hatten Sie Kenntnis, HERR KAPPEL?", brüllte ihm jetzt Polizeioberrat Hartig seine Frage ins Gesicht.

„Von meinem Vater", kam es wieder kleinlaut aus dem Mund von Rudolf Kappel.

„WOHER HATTEN SIE KENNTNIS?"

„VON MEINEM VATER!", brüllte Rudolf Kappel.

„Jetzt hat er ihn soweit. Jetzt hat er ihn geknackt", kommentierte Johannes Häberle sichtlich amüsiert das Geschehen auf der anderen Seite des Einwegspiegels.

„Hannes, nur keine voreiligen Schlüsse!", bremste Gerd Scheibler die aufkommende Euphorie.

„Noch haben wir gar nichts", ergänzte er und schaute dabei zu Jenny Geiger.

„Aber er ist schon ein harter Hund, der Hartig. Der hat den Rudi ganz schön in die Zange genommen. Jenny, schau genau hin. Da kannst Du richtig was lernen", gab jetzt auch Matthias Zabert seinen Senf dazu.

Plötzlich verschlug es allen vier stillen Beobachtern die Sprache. Die Tür des Vernehmungsraumes wurde von außen aufgerissen und Polizeidirektor Spitzer kam in Begleitung einer Frau herein.

„Das ist doch die Ellen!", brach es aus Matthias Zabert heraus.

„Kennst Du die Frau, Zappa?", hakte Gerd Scheibler sofort nach.

„Ja, das ist Ellen Steiger. Sie ist Rechtsanwältin. Hier in Ellwangen. Nebenbei gehören ihr noch etliche Gebäude in der Innenstadt. Die ist richtig reich und hat es eigentlich nicht nötig, zu so später Stunde zur Vernehmung eines Mandanten aufzutauchen. Anscheinend vertritt sie aber den Kappel. Und sie ist mit Frank Reiser, dem Reporter, liiert. Ich bin gespannt, was jetzt passiert", ergänzte Matthias Zabert und starrte gebannt auf den Einwegspiegel, als ob gerade die erste Mondlandung live auf dem Bildschirm zu sehen wäre.

„Frau Steiger, Sie können Ihren Mandanten jetzt mitnehmen", tönte die sonore Stimme von Polizeidirektor Spitzer über die Lautsprecheranlage.

„Und Sie haben mir jetzt Einiges zu erklären", sagte er zu Polizeioberrat Hartig, ohne dabei darauf zu achten, ob seine Worte im Nebenraum zu hören sein würden.

„Was soll denn das Theater, Herr Hartig? Wir sind doch hier nicht im Fernsehen. Sie können froh sein, wenn Ihnen Frau Steiger keine Dienstaufsichtsbeschwerde anhängt. Oder Sie wegen Befangenheit verklagt. Sie sind wohl komplett übergeschnappt. Haben Sie geglaubt, ich würde das nicht herausfinden?"

„Worum geht es eigentlich, Herr Polizeidirektor? Ich verstehe die ganze Aufregung nicht. Und warum greifen Sie in meinen Fall ein?"

„Worum es hier geht? Um die Akte Berger. Haben Sie geglaubt, Sie könnten damit hinter dem Berg halten. Kollege Scheibler hat mich heute angerufen und mich um Unterstützung gebeten. Das LKA würde die Akte Berger nicht herausrücken, hat er mir gemeldet. Er bräuchte die Akte aber dringend für seine Ermittlungen. Denen habe ich sofort Feuer unter dem Hintern gemacht. Und mich damit prompt zum Gespött von ganz Stuttgart gemacht. Die Akte müsse seit gestern in Ellwangen sein, wurde mir gesagt. Sogar per Kurier sei sie nach Ellwangen gebracht worden. Ich hab mir gleich eine Kopie geben lassen. Ich muss sagen: hochinteressant. Haben Sie etwas dazu zu sagen?"

„Sie haben die Akte gelesen? Dann wissen Sie auch, dass ich damals von der Internen freigesprochen worden bin. An den Vorwürfen war nichts dran. Beinahe hätten wir den Berger gehabt. Ich war ganz dicht dran an ihm. Ein Mosaiksteinchen nach dem anderen haben wir zusammengetragen können. Nur noch ein paar Details haben uns gefehlt."

„Und dann kam die Anzeige gegen Sie wegen Vorteilsnahme im Amt?"

„Ja, aber das war ein ganz abgekartetes Spiel. Da steckte ohne Zweifel der Berger mit seinen Geschäftspartnern dahinter. Die haben für mich ein Konto auf einer Schweizer Bank angelegt mit zwei Millionen Franken drauf. Über einen Strohmann haben die das dann an die Interne gemeldet. Ich wurde natürlich sofort von den Ermittlungen gegen Berger und Konsorten abgezogen. Ich war so nah dran", sagte Polizeioberrat Hartig.

Dabei hielt er seinen Daumen und Zeigefinger so nach vorne gestreckt, dass dazwischen ein schmaler Spalt entstand.

„Und Sie sind sich sicher, dass diese Geschichte keinen Einfluss auf die Ermittlungen in der Berger-Sache hat? Die Presse wird das anders sehen. Sie wissen ja, dass der Lebensgefährte von Frau Steiger Reporter ist. Die werden sich zuhause sicher nicht nur über die kommende Sommermode austauschen. Da kann Einiges auf uns zukommen. Ich muss Sie von dem Fall abziehen. Natürlich nur inoffiziell. Den Kollegen sagen Sie, dass Sie sich aus ermittlungstaktischen Gründen mehr im Hintergrund halten wollen, um Kriminalrat Scheibler den Rücken frei zu halten. - Es ist schon spät. Ich erwarte morgen Ihren Bericht", schloss Polizeidirektor Spitzer seinen Vortrag und ließ Polizeioberrat Hartig alleine im Vernehmungsraum zurück.

„Nichts wie weg!", hatte Gerd Scheibler seinem Team zugerufen, als der Aalener Polizeichef anfing, seinen Ellwanger Revierleiter zur Rede zu stellen.

Auf dem Flur war Ellen Steiger gerade dabei gewesen, ihren Mandanten zu übernehmen. Als Rudolf Kappel die Habseligkeiten wieder in Empfang genommen hatte, die er nach seiner Verhaftung hatte abgeben müssen, drückte sie ihm und seinem Vater kurz die Hand und verließ das Polizeigebäude.

„Stimmt das, was der Spitzer über Dich gesagt hat?", fragte Matthias Zappa, nachdem sie ihr Büro wieder erreicht hatten.

„Zappa, was hätte ich denn machen sollen? Die Kollegen vom LKA stellen sich öfter störrisch, wenn man von ihnen eine Akte haben will. Von wegen Geheimhaltung. Ich konnte doch nicht ahnen, dass Euer Chef die schon lange bekommen hat und unter Verschluss hält."

„Du hättest ihn zuerst fragen können. Er hat doch die Akte für Dich angefordert."

„Ich habe ihn doch gefragt. Er hat geantwortet, dass er sich nochmals drum kümmern werde und denen in Stuttgart Dampf machen wollte."

Jetzt war Matthias Zabert sprachlos. Kurz wollte er sich über den Verdacht der Illoyalität von Gerd Scheibler aufregen. Nun sah es aber so aus, dass ihm kein Vorwurf zu machen war. Sein alter Lehrgangskamerad Charlie Hartig hatte sich selbst in diese Lage manövriert.

„Was hat uns die Verhaftung von Rudolf Kappel jetzt wirklich gebracht?", riss ihn Gerd Scheibler gleich darauf aus seinen Gedanken.

„Nicht viel", antwortete Johannes Häberle.

„Das wäre jetzt ja auch zu einfach gewesen. Was hat denn der Vater von Kappel damit zu tun? Weiß das Einer von Euch?"

„Der Peter Kappel, der vorhin zusammen mit Ellen Steiger seinen Sohn abgeholt hat, sitzt als Stadtrat im Bauausschuss. Dort werden üblicherweise Bauanträge, manchmal auch unter Ausschluss der Öffentlichkeit, behandelt. Ich könnte mir vorstellen, dass er dadurch von den Plänen von Kurt Berger erfahren hat und das seinem Sohn gesteckt hat. Der Peter Kappel ist zwar nicht begeistert davon, dass sein Sohn ein Bordell betreibt, aber das Startkapital kam wohl von ihm. Habe ich zumindest gehört. Geld stinkt bekanntlich ja nicht. Der alte Steiger war ein Jagdkamerad von Peter Kappel. Vielleicht hat Ellen Steiger wegen dieser Verbindung den Fall übernommen. Könnte ich mir gut vorstellen. Die alten Ellwanger Familien halten halt zusammen, wenn es darauf ankommt", berichtete Matthias Zabert.

„Der Witz an der Sache ist ja, dass angeblich Eugen Wolkow bei uns angerufen hat und den Tipp gegeben hat, dass im Beluga Frauen arbeiten müssen, die keine Aufenthaltserlaubnis haben. Der macht das richtig professionell. Kaum ist sein Partner tot, schaltet er den

Konkurrenten aus. Und keiner kann ihm etwas anhaben. Schließlich hat er nur seine Bürgerpflicht erfüllt und illegales Treiben im Beluga angezeigt. So schnell darf der Kappel seinen Puff wahrscheinlich nicht wieder aufmachen. Nach der Razzia heute werden sich auch die meisten seiner Stammkunden erst einmal nicht mehr dort hintrauen. Ist ja auch peinlich, von der Polizei im Puff ertappt zu werden. Wenn der Wolkow sich mit seiner Baustelle im Hasenlager beeilt, ist er auf dem Markt, bevor Rudolf Kappel wieder da ist. Richtig clever gemacht. Trotzdem müssen wir uns den Wolkow noch einmal näher anschauen. Ich trau dem Burschen nicht."

„Du hast wahrscheinlich Recht, Gerd. Aber morgen ist auch noch ein Tag. Ich gehe jetzt nach Hause und leg mich endlich aufs Ohr", schlug Johannes Häberle vor.

Es war tatsächlich ein langer Tag gewesen. Der Brand der Berger-Villa hatte das Ermittlerquartett bereits mitten in der Nacht aus dem Bett geholt.

Jenny Geiger und Johannes Häberle verließen als Erste das Büro.

„Ich hab das vorhin nicht so gemeint, Gerd. Auf den ersten Blick sah es für mich so aus, als ob Du über den Chef hinweg gehandelt hättest. Ich möchte mich bei Dir entschuldigen."

„Kein Thema, Zappa. Hätte ich an Deiner Stelle wahrscheinlich auch gedacht. Du bist mit Hartig schon länger befreundet?"

„Ja, wir kennen uns, seit wir gemeinsam bei der Polizei angefangen haben. Irgendwann haben sich unsere Wege dann aber getrennt. Und plötzlich ist er in Ellwangen mein Chef geworden."

„Zappa, das geht mich auch gar nichts an. Ich mach hier nur meinen Job. In Eure Interna mische ich mich nicht ein. Aber wir sind ein ganz gutes Team. Selbst die Jenny arbeitet toll mit, obwohl sie erst in der Ausbildung steckt."

26 Hasenlager (13. April 2011)

Als Reporter musste man ständig connected sein. Bernhard Brecht hatte in seinem bisherigen Berufsleben aber auch gelernt, dass es manchmal besser war, sein Handy auszuschalten, um ungestört arbeiten zu können.

Vor zwei Jahren war er bei einer Recherche für eine Reportage über die Stuttgarter Drogenszene mit einem Fotografen zusammen hinter ein paar Dealern her gewesen, die in der Nähe des Stuttgarter Hauptbahnhofes ihren Stoff verkauften. Auf der Herrentoilette beobachteten sie gerade die Übergabe der Drogen, als plötzlich das Mobiltelefon des Fotografen anschlug. Der eine Dealer trat daraufhin sofort die Tür zu der Toilettenbox auf, in der sich der Kollege von Bernhard Brecht versteckt hatte, und stach diesen mit einem Messer nieder. Nur weil zufällig eine Gruppe grölender Fußballanhänger in die Toilette kam, hatte er keine Zeit mehr, die anderen Toilettenboxen zu durchsuchen. Das war Bernhard Brechts Glück gewesen. Glück hatte auch der Fotograf gehabt. Er überlebte die Messerattacke damals um Haaresbreite.

Auf dem Hochsitz war gerade für Bernhard Brecht wieder so ein heikler Moment. Noch ließ das Wild auf sich warten.

Plötzlich hörte er ein leises Motorengeräusch. Wie ein U-Boot auf Schleichfahrt rollte ein dunkler Schatten langsam entlang des Weges zur Einfahrt des Hasenlagers. Wegen des wieder einsetzenden Dauerregens hatte Bernhard Brecht den Mercedes erst spät bemerkt, da die Beleuchtung an dem Fahrzeug nicht eingeschaltet war. Bernhard Brecht war aber auf seinem Hochsitz nahe genug dran, um erkennen zu können, dass der Wagen jetzt vor dem Tor hielt. Nachdem das Geräusch des Motors verstummt war, löste sich der dunkle Schatten einer Person von der Silhouette des abgestellten Kombis. Ein knackendes Geräusch durchbrach kurz die Geräuschkulisse des Aprilregens. Danach sah Bernhard Brecht einen Flügel des Tors aufschwingen und die Person im Hasenlager verschwinden.

„Bingo!", dachte Bernhard Brecht, kletterte von seinem Beobachtungsstand herunter und folgte dem nächtlichen Eindringling ins Hasenlager. Dieser hatte jetzt auch die Tür des Verwaltungstrakts geöffnet und war so ins Innere des Gebäudekomplexes verschwunden. Bernhard Brecht wartete ein paar Minuten und schlich sich dann hinterher. Durch die Baustelle gelangte er in die Lagerhallen.

Eine Zeit lang verfolgte er – hinter einem Regal stehend – jetzt schon den Lichtkegel einer kleinen Taschenlampe, der den Schreibtisch im Inneren des provisorischen Büros von Kurt Berger erleuchtete. Der Mann zog einen Aktenordner nach dem anderen aus dem offenen Holzregal, durchblätterte sie flüchtig und warf sie dann achtlos auf den Boden. Mit dem Brecheisen, das er zuvor schon zum Öffnen von Tor und Tür genutzt hatte, hebelte der Mann jetzt die Schubladen des Schreibtisches auf und durchwühlte den Inhalt. Endlich kam auch Bernhard Brecht eine Erleuchtung.

„Sie haben immer noch nicht gefunden, was Sie suchen. Richtig?", sprach er die Person in dem Büro an.

Blitzartig drehte sich der Mann um und blendete nun mit seiner Taschenlampe die Augen des Reporters.

„Ich habe Sie gestern Nacht bei der Berger-Villa gesehen. Anschließend ist sie in Flammen aufgegangen. Ich selbst war dort, um vielleicht etwas Interessantes für meinen Artikel über den Berger-Mord zu finden. Dass das so interessant werden würde, hätte ich mir nicht träumen lassen."

„Was wollen Sie von mir?", fragte nun eine tiefe Stimme.

„Von Ihnen persönlich will ich nichts. Ich weiß noch nicht einmal, wer Sie sind oder wie Sie aussehen. Auch gestern habe ich nur Ihren Schatten gesehen. Aber ich glaube, wir suchen Beide nach etwas. Ich suche nach einer guten Story. Und was Sie suchen, sagen Sie mir vielleicht gleich."

„Warum sollte ich mit Ihnen reden? Sie sind Reporter. Warum sollte ich Ihnen vertrauen?"

„Ich habe Sie bei der Villa gesehen und der Polizei nichts davon gesagt. Ist das nicht Vertrauensbeweis genug? Also gut. Kurt Berger hat mir etwas zugeschickt, von dem ich bisher nicht gewusst habe, welche Bedeutung es hat. So wie es jetzt aussieht, ist es aber so wichtig, dass er dafür sogar umgebracht worden ist. Vielleicht können Sie mir einen Tipp geben, was es damit auf sich hat? Wie gesagt, mich interessiert nur die Story dahinter."

„Dann sollten wir tatsächlich reden. Was hat er Ihnen denn zugeschickt?"

„So etwas wie ein Tagebuch. Muss schon sehr alt sein. Die Seiten, die ich bekommen habe, müssen aus dem Krieg stammen. Ich musste mich ziemlich anstrengen, um die Schrift lesen zu können. Es geht wohl um eine Firma aus Stuttgart, von der ich noch nie gehört habe. Ich sollte noch mehr davon bekommen. Sieht jetzt aber mehr danach aus, als ob ich selbst danach suchen müsste. Oder wir suchen zusammen? Was halten Sie davon?"

„Dann sind Sie also der Schmierfink, mit dem er uns gedroht hat."

Ein weiteres Licht blendete plötzlich Bernhard Brecht. Der Mündungsblitz aus einer Pistole. Zweimal feuerte der Mann auf den Reporter.

27 Hasenlager (14. April 2011)

„Deja-vu", dachte Frank Reiser, als er schon wieder an einem verregneten Aprilmorgen in seinem Auto vor der Einfahrt zum Hasenlager wartete. Dieses Mal jedoch ohne Begleitung.

Kurz vor 07.00 Uhr hatte ihn Matthias Zabert aus dem Bett geläutet, um ihm mitzuteilen, dass ein Wachmann im Hasenlager die Leiche von Bernhard Brecht gefunden hätte. Offensichtlich wusste sein Freund Zappa noch nicht, dass er seinen Job als rasender Reporter bei der Ipf- und Jagst verloren hatte. Trotzdem machte er sich auf den Weg an den neuen Tatort. Etwas Besseres hatte er für den heutigen Tag auch nicht vorgehabt. Gleich würde Zappa unauffällig an die Absperrung kommen, um ihm die ersten Informationen zuzuflüstern. So lief das Geschäft.

„Drauf geschissen! Was geht mich das an?", sprach er mehr zu sich selbst und startete auch schon den Motor seines Mercedes.

Tatsächlich hatte er hier nichts zu suchen. Sein Nachfolger, Elias Kern, saß in einem blauen Opel Corsa. Neben ihm parkte der BMW des Chefredakteurs der Schwäbischen Post. Auch ein Team der Südwestpresse hatte sich eingefunden, um die Story um den getöteten Journalisten groß aufzumachen. Verärgert und verkatert ließ Frank Reiser seinen Wagen im Schritttempo an dem Fuhrpark der Reporterkollegen vorbeirollen. Statt den kürzesten Weg nach Ellwangen zu nehmen, bog er an der Hauptstrasse nach links in Richtung Dalkingen ab. Schon wollte er nach wenigen Hundert Metern den Blinker nach rechts setzen, um die Verbindungsstrasse nach Schwabsberg zu nehmen, als er im Augenwinkel einen Gegenstand wahrnahm, den er kannte.

„Da ist doch Brechts Spitfire!", schoss es ihm durch den Kopf.

Ohne auf den nachfolgenden Verkehr zu achten, bog er nicht nach rechts ab, sondern lenkte seinen Mercedes nach links in einen Forstweg. Beinahe hätte ihn das nachfolgende Auto dabei gerammt, doch der Fahrer konnte mit einem halsbrecherischen Haken seinen Ford Focus gerade noch schadlos vorbeiziehen.

„Den habe ich gar nicht gesehen", dachte Frank Reiser kurz und war dann aber schon wieder bei dem englischen Sportwagen seines toten Mitstreiters.

Minutenlang umkreiste er den Triumph im strömenden Regen. Dann holte er ein Taschentuch aus seinem Regenmantel und umwickelte damit seine rechte Hand. An der Beifahrertür hatte er Glück. Sie war nicht verriegelt. Hinter dem Beifahrersitz war eine schwarze Laptoptasche verstaut. Frank Reiser klappte die Sitzlehne nach vorn. Vorsichtig öffnete er den Reißverschluss der Tasche.

„Der Laptop ist sicher mit einem Passwort geschützt", sagte Frank Reiser zu sich und widerstand der Versuchung, den tragbaren Rechner an sich zu nehmen.

Kurt Berger stand als Absender auf dem braunen DIN A5-Umschlag, der sich ebenfalls in der Tasche befand. Frank Reiser faltete den Umschlag einmal und ließ ihn in der Innentasche seines Mantels verschwinden, ohne zuvor seinen Inhalt überprüft zu haben. Anschließend holte er dann sein Handy heraus.

„Ja, das ist der Wagen von Brecht", wiederholte er auf die Frage von Matthias Zabert am anderen Ende der Leitung.

Minuten später war sein Freund mit einem Polizeifahrzeug am Fundort des Spitfire eingetroffen und sperrte die Umgebung großräumig bis zur Hauptstrasse hin ab.

Zu dem Zeitpunkt hatte sich Frank Reiser schon auf den Weg nach Rindelbach gemacht.

28 Hasenlager (14. April 2011)

„Wenigstens hatte der Täter mit uns dieses Mal ein Einsehen", kommentierte Dr. Schröder, der Gerichtsmediziner, und biss wieder genussvoll in seinen Leberkäswecken.

„Wie meinst Du das, Klinge?", wollte Gerd Scheibler wissen, der zusammen mit Dr. Schröder am Hallentor stand und dabei eine Zigarette rauchte.

„Na, die Leiche liegt heute schön trocken. Da kann man wenigstens einigermaßen arbeiten. Nicht wie in dem Siff da draußen, in dem der Berger gelegen hat."

„Dem Brecht wird es egal sein", versuchte sich jetzt Matthias Zabert an dem schwarzen Pathologenhumor.

„Da haben Sie Recht, Kollege Zabert."

„Kannst Du schon was sagen, Klinge?"

„Verkehrsunfall und Altersschwäche kann ich als Todesursache definitiv ausschließen. Aber jetzt mal im Ernst. Die eine Kugel hat die linke Herzkammer perforiert. Der Schuss war definitiv letal. Den Lungensteckschuss hätte er wahrscheinlich überlebt. Wenn man ihn rechtzeitig auf den Operationstisch gelegt hätte. Das Projektil ist mit hoher Wahrscheinlichkeit aus einer Pistole abgefeuert worden. Kaliber 9 Millimeter, schätze ich. Kaum verformt. Findet die Waffe und man kann sie dem Projektil noch eindeutig zuordnen. Bei dem zweiten Projektil, das vermutlich durch das Herz ging und das die Kollegen aus dem Regal gepopelt haben, wäre ich mir da nicht so sicher. Ist ziemlich deformiert. Todeszeitpunkt? Ich schätze mal so zwischen 21.00 Uhr und 23.00 Uhr. Definitiv nicht später. Mehr gibt es wie immer, wenn mich der Tote in meinem Keller besucht hat", beendete Dr. Schröder sein erstes Statement und stopfte sich den Rest seines Weckens in den Mund.

„Danke, Klinge. Das ist doch schon Einiges."

Gerd Scheibler nickte dem Gerichtsmediziner zu.

Er drückte seine Zigarette aus und ging zu seinen Kollegen, die den Abtransport der Leiche beobachteten.

„Er muss irgendetwas gesucht haben. So durchwühlt wie das hier aussieht", versuchte Johannes Häberle eine erste Einschätzung der Situation.

„Einige Akten liegen aber auf mit Blut bespritzten Akten drauf. Das heißt, der Täter hat noch weitergesucht, nachdem er Brecht erschossen hat", ergänzte Jenny Geiger.

„Gut beobachtet, Jenny. Sehe ich genauso. Die Frage ist nun, ob der oder die Täter Brecht beim Durchsuchen überrascht haben oder Brecht den oder die Täter bei deren Besuch hier gestört hat. Eines steht zumindest fest. Der oder die Täter wollten nicht, dass Brecht darüber einen Artikel in seiner Zeitung schreibt. Das haben sie auf jeden Fall erreicht. Aber wonach haben der oder die Täter oder Brecht gesucht?"

„Vielleicht hilft uns der Laptop weiter, den wir in Brechts Wagen sichergestellt haben. Könnte eine erste Spur sein", warf nun Matthias Zabert ein, der vor wenigen Minuten erst vom Fundort des Spitfire ins Hasenlager zurück gekommen war.

„Ja, Journalisten sind doch ständig hinter DER Story her. Vielleicht hat er etwas auf seinem Laptop drauf, was so heiß war, dass man ihn dafür umgebracht hat."

„Okay, wir fahren zurück zum Revier. Um 11.00 Uhr ist die Pressekonferenz. Der Chef will alle Informationen über den Fall haben. Hoffentlich ist die Pressemeute gnädig mit uns. Schließlich ist einer von denen tot. Da erwarten die sicher von uns, dass wir unser Bestes geben, um den Mörder schnell zu fassen."

„Darauf kannst Du wetten. Ach übrigens, Du denkst dran, dass ich heute um 14.00 Uhr bei der Beerdigung meiner Schwiegermutter bin? Anschließend ist noch ein Leichenschmaus in Schrezheim. Vorher muss ich noch in die KTU", gab Matthias Zabert bekannt.

29 Rindelbach (14. April 2011)

„Waren wir tags zuvor noch glimpflich davon gekommen, trafen uns die Bomben in dieser Nacht in einem verheerenden Ausmaß. Die ersten Brandbomben verwandelten gegen 01.35 Uhr in der Montagehalle 2 den gesamten Bereich der Akkumulatorenmontage in ein flammendes Inferno. Der Patron hatte angeordnet, dass die Fremdarbeiter an ihren Arbeitsplätzen bleiben sollten. Dadurch gab es für keinen Einzigen der fünfundvierzig polnischen Juden eine Überlebenschance.

Noch Tage später wachte ich nachts von den Schreien der am lebendigen Leib verbrennenden Menschen auf. Wenig besser meinte es das Schicksal mit der Besatzung der Montagehallen 3 bis 7. Der Feuersturm legte die Hallen innerhalb einer knappen halben Stunde in Schutt und Asche. Nur wenige Fremdarbeiter konnten sich rechtzeitig aus den brennenden und in sich zusammenstürzenden Werkhallen retten. Die Überlebenden hatten zum Teil schwerste Verbrennungen erlitten, an denen sie im Laufe der folgenden Tage qualvoll zu Grunde gingen, da keine ärztliche Versorgung möglich war und Schmerzmittel schon gar nicht an die Fremdarbeiter verabreicht wurden.

Vom Balkon der Villa aus betrachtete der Patron mit eisiger Miene den Untergang seiner Akkumulatorenfabrik, als gegen 02.30 Uhr ein Bombentreffer auch das Verwaltungsgebäude und die Villa in Brand steckte. Zu diesem Zeitpunkt war ich mit drei anderen aus der Verwaltungsabteilung damit beschäftigt, die Geschäftsakten der letzten Tage im Bunker unter der Villa in Sicherheit zu bringen. Bevor wir die Luftschleuse des Bunkers öffnen konnten, krachte das Treppenhaus in sich zusammen und begrub uns unter sich. Ich erfuhr erst am nächsten Tag, als ich in der Krankenstation des Werks, die wie durch ein Wunder unversehrt geblieben war, aus meiner Bewusstlosigkeit aufgewacht bin, dass ich der einzige Überlebende aus dem Vierertrupp war. Man hatte mich noch rechtzeitig aus den Trümmern bergen können, bevor die Villa ganz in sich zusammen stürzte. Der Patron hatte die Rettungsmannschaft gezielt zum Eingang des Bunkers geschickt. Nur deshalb habe ich überlebt. Das werde ich dem Patron nie vergessen.

Das weiß er auch. Ich war zum Glück nur leichter verletzt gewesen. Mit einer Schlinge um meinen gequetschten Arm und einem weißen Turban auf meinem Kopf war ich zwar als Verwundeter erkennbar, konnte aber bald schon wieder einigermaßen meiner Arbeit nachgehen. Soweit das natürlich in der Trümmerwüste der Filderwerke überhaupt möglich war. Die Bombennacht hatte unserem Betrieb in der Bilanz einen Verlust an menschlicher Arbeitskraft in Höhe von 356 Fremdarbeitern zugefügt. Der materielle Schaden war noch gar nicht zu ermessen, musste aber mindestens fünf Millionen Reichsmark betragen.

Was aber am Schlimmsten wog, war die Tatsache, dass nahezu sämtliche Rohstoffe, die für die Akkumulatorenherstellung benötigt wurden, ein Raub der Flammen geworden waren. An eine Fortsetzung der Produktion war fürs Erste nicht zu denken, auch wenn SS-Oberführer Wilkens bereits den Ersatz der verlorenen Fremdarbeiter für die folgende Woche in Aussicht gestellt hatte. Die Akkumulatoren waren wichtig für den Endsieg, hatte er dem Patron dabei eingeschärft."

Wortlos starrte Frank Reiser auf das vergilbte Papier. Das Blatt war an seinem linken Rand ausgefranst, so als ob es aus einem gebundenen Buch herausgerissen worden wäre.

Bereits dreimal hatte er die beiden Seiten gelesen, die offensichtlich aus einem alten Tagebuch stammten. Auch beim dritten Lesen hatte der Text nichts von sei-

ner beklemmenden Wirkung auf Frank Reiser einge-
büßt. Frank Reiser konnte sich förmlich in das Geschehen hineinversetzen, welches der unbekannte Verfasser
der Zeilen beschrieben hatte.

Kurt Berger hatte den Tagebuchauszug offensichtlich an Bernhard Brecht geschickt. Warum, wusste
Frank Reiser nicht. Er wollte es aber herausfinden. Seine
professionelle Neugier als Journalist war wieder geweckt
worden.

Er gab bei Google den Suchbegriff „Filderwerke"
ein und scrollte sich durch die angezeigten Ergebnisse.
Gut eine Stunde verbrachte er damit, die Firmenge-
schichte der Filderwerke zu recherchieren. Die Firma
hieß heute nicht mehr so. Württembergische Akkumulatoren-Werke lautete die Bezeichnung, unter welcher die
Filderwerke nach 1945 in Stuttgart wieder ihren Betrieb
aufgenommen hatten. Bis zur Umwandlung in eine
Aktiengesellschaft Ende der 1990er Jahre.

Großaktionär der jetzigen WüAkk AG war anscheinend ein gewisser Karsten Eisch. Frank Reiser fand
allerdings keine Fotos von ihm. Lediglich zum 80-
jährigen Firmenjubiläum im Jahre 2004 war Karsten
Eisch zusammen mit einigen Beschäftigten abgebildet,
die für langjährige Betriebszugehörigkeit geehrt worden
waren. Karsten Eisch musste damals schon über 70
Jahre alt gewesen sein. Für Frank Reiser sah er zumindest auf dem Foto schon recht betagt aus.

Den wahrscheinlichen Zeitpunkt der beschriebenen
Bombennacht konnte Frank Reiser auf den 25. oder
29. Juli 1944 einengen. An beiden Tagen wurde Stuttgart
jeweils in den Nachstunden zwischen 01.00 Uhr und
03.00 Uhr heftig von britischen und amerikanischen
Bomberverbänden heimgesucht. Ende Juli luden die
Bomber zwar in vier Nächten ihre Spreng- und Brandbomben über Stuttgart ab, aber nur am 25. und 29. Juli

waren die Filderwerke und angrenzende Industriebetriebe getroffen worden.

Frank Reiser speicherte seine ersten Ergebnisse auf seinem Computer und begann anschließend damit, den Nachruf auf Bernhard Brecht zu schreiben. Der Chefredakteur der Ipf- und Jagst-Zeitung hatte ihn angerufen und darum gebeten.

„Elias Kern ist wohl dazu nicht in der Lage", dachte Frank Reiser erst, gestand seinem jungen Kollegen aber dann doch zu, dass dieser sich noch in die Mordfälle einarbeiten musste und über Bernhard Brecht nicht wirklich etwas zu schreiben hatte.

Ganz nebenbei wechselte Frank Reiser auf seinen Ebay-Account, um nachzusehen, ob er bei der Auktion für den gebrauchten Ducati-Tank zum Zuge gekommen war. 87,56 Euro. Er war bis Auktionsschluss Höchstbietender geblieben. Sogleich drückte er den Bezahlen-Button und wählte als Zahlungsart Paypal aus. Mit einem weiteren Knopfdruck hatte er das ersteigerte Ersatzteil bezahlt. Der Anbieter hatte in seiner Auktion versprochen, die Ware zwei bis drei Tage nach Zahlungseingang zu versenden.

„Tommie, ich hab den Tank. Knapp 90 Euro plus Versand. Müsste Anfang nächster Woche da sein", informierte Frank Reiser gleich noch seinen Bruder.

Die bereits gelieferte Gabel wollte er heute noch in die Werkstatt zu ihm bringen, damit er nicht noch mal im Flur darüber stolpern musste.

„Ja, Ellen. Ich wollte mich bei Dir für gestern Abend entschuldigen. Ich habe mich wieder wie ein Vollpfosten aufgeführt. Lass uns einen zweiten Anlauf nehmen", sprach Frank Reiser in sein Telefon und hatte damit das zweite Deja-vu-Erlebnis dieses Tages.

„Ja, Stiftskeller. Um Acht", antwortete Ellen Steiger.

30 Kirche St. Wolfgang (14. April 2011)

Auf den letzten Drücker hatte es Matthias Zabert gerade noch geschafft, rechtzeitig zur Trauerfeier für seine verstorbene Schwiegermutter in die Kirche St. Wolfgang zu kommen. Neben seiner Frau Karola saß er jetzt in der zweiten Reihe rechts außen und lauschte den tröstenden Worten des Pfarrers, die aber keine so rechte Wirkung bei Matthias Zabert erzielen wollten. Nicht dass er sehr unter dem Tod seiner Schwiegermutter zu leiden hatte. Er sehnte aus einem anderen Grunde das Ende des Trauergottesdienstes und des für seine Frau sicherlich schweren Ganges auf den angrenzenden Friedhof herbei.

Kurz nachdem er aus dem Hasenlager zurückgekommen war, schaute er gleich bei den Kollegen von der KTU vorbei, um den Bericht dort abzuholen, bevor Jenny Geiger das tun konnte. Schnell überflog er den Text. Die Fingerabdrücke auf den Gläsern konnten keinem der Angestellten des EllSD zugeordnet werden, was Matthias Zabert nicht sonderlich wunderte, da seine „Beweismittel" ja nichts mit dem Mordfall Berger zu tun hatten. Das glaubte Matthias Zabert zumindest, bis er den Rest des Berichts gelesen hatte.

Den Absatz über die Fingerabdrücke auf der Geldkassette musste er zweimal lesen, bevor er verstehen konnte, was da stand.

Die Fingerabdrücke auf der Kassette stimmten mit Nummer 1, 4 und 7 überein, las er. Nummer 1 war seine Frau Karola, was ihn nicht überraschte. Sie hatte regelmäßig mit dem Geld ihrer Mutter hantiert. Dieses Ergebnis hatte Matthias Zabert sogar erwartet. Nummer 4 und 7 waren Karolas Schwestern Gerda und Doris.

„Diese Schlangen!", dachte Matthias Zabert.

Statt einer weiteren Nummer stand noch der Name Peter Reible auf der Liste. Peter Reible, ein Mitarbeiter des EllSD. Matthias Zabert ging in sein Büro, um sich die Mitarbeiterliste anzusehen, die noch auf dem Schreibtisch von Jenny Geiger liegen musste. Jenny Geiger war gerade nicht anwesend, da sie in die Vorbereitung der Pressekonferenz eingebunden war. Er öffnete den grünen Aktendeckel und durchwühlte die Vernehmungsniederschriften der Mitarbeiter des EllSD. Alle hatten für die Tatzeit ein Alibi gehabt und zum Tathergang nichts aussagen können.

Auch Peter Reible.

„Ich muss kurz weg", rief Matthias Zabert Gerd Scheibler zu, der schon auf dem Weg zur Pressekonferenz war.

Matthias Zabert parkte seinen Streifenwagen vor dem Haus in der Frankenstrasse und drückte den Klingelknopf neben dem Schild mit der Aufschrift Reible.„Guten Tag, was kann ich für Sie tun? Ich habe doch Ihren Kollegen schon alles gesagt, was ich weiß", begann Peter Reible an der Eingangstür, als er Matthias Zabert in seiner Polizeiuniform durch den Türspion sah und dann die schwere Eichentür einen Spalt weit geöffnet hatte.

„Kann ich rein kommen? Ich möchte das nicht hier draußen besprechen", antwortete Matthias Zabert und folgte anschließend Peter Reible in dessen Wohnung im Erdgeschoß des gelben Mehrfamilienhauses.

„Kennen Sie eine Frau Kerber? Sie wohnte in der Fayencestrasse in Schrezheim", wollte Matthias Zabert wissen, nachdem ihm Peter Reible einen Platz am Esszimmertisch angeboten hatte.

„Ja. Was ist mit Ihr?"

„Woher kennen Sie die Frau, Herr Reible?"

„Sie ist Kundin beim Ellwanger Seniorendienst. Ich habe sie regelmäßig beliefert. Sind wir uns nicht dort schon mal begegnet? Sie hatten damals auch Ihre Uniform an."

„Frau Kerber ist tot. Gestorben. Heute Nachmittag ist ihre Beisetzung. Die Angehörigen haben sich nur jetzt gefragt, wo das viele Bargeld der alten Dame abgeblieben ist."

Peter Reible stutzte und erhob sich wortlos.

Er ging zur Kommode, die auf dem Flur stand, holte einen dicken Umschlag aus einer Schublade heraus und legte ihn vor Matthias Zabert auf den Tisch.

„Ich hätte das Geld nicht annehmen dürfen."

„Sie meinen, Sie hätten das Geld nicht klauen sollen."

„Ich hab das Geld nicht geklaut. Frau Kerber hat mir das Geld geliehen."

„Ja, geliehen. Und das soll ich Ihnen jetzt glauben?"

„Sie müssen mir glauben. Von Anfang an habe ich Frau Kerber regelmäßig beliefert. Immer, wenn ich etwas Zeit gehabt habe, bin ich noch kurz bei ihr geblieben und wir haben uns unterhalten. Ich habe ihr davon erzählt, dass ich den Job beim Seniorendienst mache, um mir das Geld für mein Studium zu verdienen. Ich sagte ihr auch, dass ich jedoch erst zum Wintersemester 2012 anfangen könnte, da ich das Geld für die Studiengebühren und den Unterhalt noch nicht zusammen hätte. Sie hat mich schließlich irgendwann gefragt, wie viel ich denn bräuchte und mir dann ihr Geld angeboten. Sie wollte mich unterstützen. Frau Kerber war eine gute Frau. Sie sagte, ich könne mir fünftausend Euro aus ihrer Geldkassette nehmen. Sie bräuchte es nicht mehr und ihre Kinder wären nicht darauf angewiesen. Ich solle ihr das Geld zurückgeben, sobald ich mit dem Studium fertig wäre. Hier! Zählen Sie nach! Es ist noch alles da. Als ich ihre Todesanzeige gelesen habe, wusste ich sofort, dass es nicht richtig war, das Geld anzunehmen. Das müssen Sie mir glauben."

Ohne das Geld zu zählen, steckte Matthias Zabert den Umschlag in seine Jackentasche.

„Wissen Sie was, Herr Reible? Ich glaube Ihnen. Frau Kerber war tatsächlich eine gute Frau."

„Und Sie glauben mir wirklich?"

„Ja, ich glaube Ihnen wirklich. Frau Kerber war eine herzensgute Frau. Das kann ich bestätigen."

Mit diesen Worten verließ Matthias Zabert die Frankenstrasse und fuhr zum Polizeirevier zurück.

„Hier. Ist für Dich abgegeben worden, Zappa", sprach ihn der Diensthabende an der Pforte an und drückte ihm einen braunen Umschlag in die Hand.

„Bin wieder da", meldete er sich zurück.

„Sind die anderen noch bei der Pressekonferenz?", fragte er Jenny Geiger, die vor ihrem Computer saß.

„Ja, die Pressekonferenz hat etwas später angefangen. Ich hab hier die Stellung gehalten. Ich gehe gerade die Unterlagen zum EllSD durch. Der Flyer des Vereins ist richtig professionell gemacht. Aber dreihundert Euro Jahresbeitrag sind auch nicht von Pappe. Und da ist nur die Mitgliedschaft abgedeckt. Jede Dienstleistung stellen die noch extra in Rechnung."

„Das sagst Du dem Richtigen. Ich weiß. Meine Schwiegermutter war auch Mitglied. Ist aber unter dem Strich immer noch billiger, als wenn sich die Angehörigen selbst kümmern müssten."

„Hier steht, dass nach dem Ableben der Mitglieder sogar die Haushaltsauflösung und die Verwertung des Hausrates übernommen werden kann."

„Verwertung hört sich gut an. Da wird wahrscheinlich ein Müllcontainer vor das Haus gestellt und der ganze Hausrat auf der Deponie entsorgt. Oder hast Du im Hasenlager irgendwelchen Hausrat stehen sehen?"

„Nein. Ich habe nichts gesehen. Weder in der Lagerhalle, noch unter den offenen Schleppdächern. Oder haben die noch irgendwo eine Halle oder so etwas Ähnliches angemietet?"

„Jenny, Du hast Recht. Wir sollten uns nochmals mit Eugen Wolkow unterhalten."

„Ja. Der kann uns dazu sicher mehr sagen."

„Du, ich muss jetzt aber los. Ich muss mich noch umziehen. In einer halben Stunde beginnt die Trauerfeier für meine Schwiegermutter. Übrigens. Den Bericht habe ich schon von der KTU abgeholt. War leider keine heiße Spur dabei", verabschiedete sich Matthias Zabert.

Keine heiße Spur dabei. Das traf natürlich nur für den Fall Berger zu. Der Fall Kerber lag dafür gelöst auf einem Silbertablett vor Matthias Zabert. Er musste die Lösung nur noch der Trauergemeinde servieren.

„Agnes Kerber war eine gute Frau."

Das stellte nun auch der Priester am offenen Grab fest. Selbst der Himmel hatte ein Einsehen mit ihr gehabt. Seit sie die Kirche St. Wolfgang verlassen hatten, hörte der Regen für ein paar kurze Augenblicke auf und beim Absenken des Sarges schien sogar ein wenig die Sonne über Ellwangen.

„Unserer Mutter wäre es sicher nicht Recht gewesen, dass heute hier Trübsal geblasen wird. Sie hat stets das Leben bejaht", begann Karl Kerber, der älteste Sohn der Verstorbenen, seine kleine Rede zu Beginn des Leichenschmauses im Haus in der Fayencestrasse.

Karl Kerber war kein begnadeter Redner. Das konnte man mit Fug und Recht auch von seinem Schwager Bernd Strasser behaupten. Ihm konnten die Anwesenden aber zumindest anmerken, dass er sich gerne reden hörte. Zum Glück wurde das Essen rechtzeitig angeliefert, bevor Oberstudienrat Strasser noch mehr über die Geschichte des Friedhofes St. Wolfgang referieren konnte, auf dem seine Schwiegermutter eben erst beerdigt worden war.

Schon auf dem Weg zum Grab der Familie Kerber hatte er Matthias Zabert im Vorbeigehen auf die verschiedenen architektonischen Besonderheiten einzelner

Grabdenkmäler hingewiesen, was diesen jedoch nicht im Geringsten interessiert hatte. Es machte die Sache für Matthias Zabert auch nicht erträglicher, dass sich der Schwager seiner Frau bei seinen Ausführungen auf die Erkenntnisse des ehemaligen Oberbürgermeisters der Stadt Ellwangen bezog. Dieser hatte kürzlich ein kleines Büchlein zur 525-jährigen Geschichte des Friedhofs bei St. Wolfgang herausgegeben, welches Bernd Strasser gerade im Sozialkundeunterricht mit seinen Schülern behandelt hatte.

Oberstudienrat Strasser besaß aber keine Antenne für Desinteresse und hatte einfach weitergeredet.

„Die armen Schüler!", dachte Matthias Zabert noch.

Sein Mitleid hielt sich jedoch in Grenzen, als er an seine eigene Schulzeit zurückdenken musste, in der es viele Lehrer vom Schlage eines Bernd Strasser gegeben hatte.

„Zum Glück hat sich ja wenigstens die Sache mit dem Geld geklärt", begann er plötzlich, als Kaffee und Kuchen an der Reihe waren.

Wie auf ein geheimes Signal hin verstummten alle Gespräche und erwartungsvolle Blicke richteten sich auf Matthias Zabert. Er ließ das Gesagte einen kurzen Augenblick auf die Anwesenden wirken.

„Ja. Die Sache mit dem Geld Eurer Mutter hat sich tatsächlich aufgeklärt. Sie hat das fehlende Geld einem armen Studenten geliehen. Er hat es mir heute wieder zurückgegeben. Ja. Der Pfarrer hatte bei seiner Trauerrede Recht gehabt. Eure Mutter war eine gute Frau."

Mit diesen Worten zog er einen Umschlag aus seiner Jackentasche und breitete ein dickes Bündel Geldscheine wie einen Fächer auf dem Tisch aus.

Einundzwanzig. Zweiundzwanzig. Man hätte jetzt eine Feder zu Boden fallen hören können.

„Ach, ich bin ja so froh", durchbrach Irmgard Strasser mit ihrem Seufzer als Erste die Stille.

„Ich habe doch immer schon gesagt, dass die Karola das Geld nicht genommen hat", fuhr sie fort.

Wieder Schweigen. Irmgard Strasser blickte sich mit unsicherer Miene um.

„Irmie, halt doch einfach Deinen Mund!"

Mit diesen Worten polterte Matthias Zabert nun los und seine Frau Karola fing an zu weinen.

„Euch ging es doch die ganze Zeit nur ums Geld. Karola hat sich für Eure Mutter aufgeopfert und Ihr habt nur zugeschaut und auf das Erbe gewartet. Und sie dann auch noch verdächtigt, das Geld Eurer Mutter unterschlagen zu haben. Ihr seid so ein geldgieriges Pack. Komm Karo, wir gehen", setzte Matthias Zabert nach und nahm seine Frau bei der Hand.

Dabei hob er vorher noch das Geldbündel wieder vom Tisch auf und steckte es ein.

Beide verließen das Haus von Agnes Kerber, ohne sich zu verabschieden, und fuhren nach Rattstadt. Matthias Zabert brauchte geraume Zeit, seine Frau wieder zu beruhigen. Es half aber alles nichts. Er musste schließlich seine Uniform wieder anziehen und ins Polizeirevier zurück fahren.

Dort angekommen, stellte er fest, dass seine Kollegen bereits wieder zu Ermittlungen ins Hasenlager aufgebrochen waren.

Endlich hatte er genug Zeit gehabt, in der KTU den Karton mit den Gläsern und der Geldkassette abzuholen und alles ungestört im Kofferraum seines Privatwagens zu verstauen. Den Bericht über das Ergebnis der Untersuchung der Fingerabdrücke entsorgte er schließlich durch den Reißwolf, als sein Telefon läutete.

31 Stadtcafe Ellwangen (14. April 2011)

„Ich habe jetzt Lust auf ein Stück Kuchen. Wer kommt mit ins Stadtcafe?", rief Gerd Scheibler in die kleine Runde, als sie von der Pressekonferenz zurück gekommen waren.

Da auch für Johannes Häberle und Jenny Geiger die Mittagspause wieder einmal ausgefallen war, hatten sie nichts gegen den Vorschlag einzuwenden gehabt.

Sie stellten ihr Polizeiauto neben der Marienkirche ab, da sie nach dem Kaffeekränzchen im Stadtcafe noch ins Hasenlager fahren wollten, um mit Eugen Wolkow zu sprechen.

Genüsslich ließ Gerd Scheibler den Bissen von der Cappuccinotorte auf seiner Zunge zergehen. Seit knapp einer Woche war er in Ellwangen und heute schon das zweite Mal binnen weniger Tage im Stadtcafe.

„In Aalen gibt es auch keine besseren Torten. Ich glaube, ich muss mal mit meiner Frau nach Ellwangen. Privat versteht sich. Die Cappuccinotorte hier schmeckt ihr sicher auch gut", lobte er das cremige Backwerk.

„Ich bin mal gespannt, was uns der Wolkow heute zu sagen hat", wurde Johannes Häberle nun dienstlich.

„Der Wolkow ist ein ganz abgewichster Hund. Der sagt uns nur, was er will oder was wir eh schon wissen."

„Jedenfalls müssen wir uns noch einmal im Hasenlager umsehen. Irgendeine Spur muss es doch geben."

„Ja, Hannes. Und wir werden sie finden."

Eine halbe Stunde später fuhren sie zu dritt ins Hasenlager. Eugen Wolkow wartete bereits vor dem Eingang zum Tatort auf sie. Mit einem Messer durchschnitt Gerd Scheibler das Polizeisiegel und öffnete die Tür. Da es schon wieder angefangen hatte, wie aus Eimern zu regnen, flüchteten sie schnell ins Innere der Lagerhalle, blieben aber im Bereich des Halleneingangs stehen, wo sich Gerd Scheibler eine Zigarette anzündete.

„Herr Wolkow, das Verfahren gegen Rudolf Kappel kommt Ihnen doch sehr gelegen. Jetzt müssen Sie nur noch den Bau hier fertig stellen."

„Herr Kommissar, ich weiß nicht, was Sie damit sagen wollen. Sicher, das Geschäft mit der käuflichen Liebe hat keinen besonders guten Ruf. Wer ein Bordell betreibt hat keinen guten Ruf. Aber das ist nur ein Klischee. Verstehen Sie, Herr Kommissar?"

„Herr Wolkow, und Sie wollen mir jetzt erzählen, dass Sie ein Ehrenmann sind und ein Bordell ein Geschäft ist wie jedes andere auch. Etwa wie eine Metzgerei oder eine Bäckerei?"

„Bäckerei. Bäckerei ist gut. Das tägliche Brot. Manche Männer brauchen Sex wie ihr tägliches Brot. In einem Bordell können sie täglich Sex kriegen. Nicht wie zuhause bei der Ehefrau."

„Jetzt hören Sie aber auf. Das kann man doch nicht vergleichen. Und solange wir den Tatort nicht freigegeben haben, passiert auf Ihrer Baustelle nichts, Herr Wolkow. Gar nichts. Verstehen Sie?"

„Herr Kommissar, dazu haben Sie kein Recht."

„Sobald wir die beiden Morde aufgeklärt haben, können Sie weiterbauen. So einfach ist das."

„Wie kann ich, Eugen Wolkow, Ihnen dabei helfen, Herr Kommissar?"

„Nun, erzählen Sie uns mehr über den Seniorendienst. Wie lief das Geschäft ab?"

„Herr Kommissar, wie ich Ihnen schon sagte, war der Seniorendienst Kurts Idee. Sonst hätten wir die Liegenschaft nicht so günstig übernehmen können. Aber Kurt war immer schon ein kreativer Kopf. Als die Bundesimmobilienanstalt gehört hat, dass hier ein soziales Projekt entsteht, waren alle Feuer und Flamme. Die waren doch froh, dass sie das Gelände losgeworden sind. Konversion ist kein einfaches Geschäft, wissen Sie. Aber Konversion und soziale Projekte, das hat Charme, das hat Magie. Sofort fällt der Preis. Man will ja schließlich die gute Sache nicht am Preis scheitern lassen. Kurt hat dann den Verein gegründet. Die Gemeinnützigkeit war nur noch ein Kinderspiel für ihn. Da kennt er sich aus. Da kannte er sich aus, wollte ich sagen. In Stuttgart gibt es viele gemeinnützige Projekte, die Kurt ins Leben gerufen hat."

„Geldwäsche! Daher weht der Wind", durchfuhr es Gerd Scheibler, ohne seine Umgebung an diesen Gedanken teilhaben zu lassen.

Aufmerksam hatte Gerd Scheibler die Akte Berger studiert, nachdem sie ihm Polizeioberrat Hartig ausgehändigt hatte. Das Dezernat 7.3 OK im LKA, für das Karl Hartig bis letztes Jahr tätig gewesen war, hatte jahrelang die „sozialen" Vereine des Kurt Berger durchleuchtet. Aufgefallen war Berger dadurch, dass seine Vereine relativ schnell in finanzielle Schieflage gerieten, obwohl der Betrieb florierte. Die Steuerbehörden hatten aber offensichtlich eine gewisse Beißhemmung auferlegt bekommen, da die Ermittler der Finanzverwaltung Verfahren gegen Bergers „Sozialbetriebe" stets rasch wieder einstellten. Es wurde gemunkelt, dass dies von „Oben" angeordnet worden wäre. Einige Herren aus den Stuttgarter Teppichetagen hatten sich anscheinend zu häufig bei Spatenstichen oder Spendenübergaben mit Kurt Berger ablichten lassen und deshalb kein gesteigertes Interesse daran, dass die wahren Hintergründe und Zusammenhänge ans Licht der Öffentlichkeit gezerrt würden. Unter dem Strich war Kurt Berger nichts nachzuweisen gewesen.

Zumal es ihm stets meisterhaft gelungen war, zu aufdringliche Ermittler auszumanövrieren, sobald sie ihm zu sehr auf den Pelz gerückt waren. Polizeioberrat Hartig hatte dies leidvoll am eigenen Leib erfahren müssen. Die Sache musste für Karl Hartig aber glimpflich ausgegangen sein, sonst hätte man ihn nicht zum Ellwanger Polizeichef befördert. Gerd Scheibler konnte deshalb nicht verstehen, warum sich dieser dann wegen der Akte Berger selbst so in ein schlechtes Licht gesetzt hatte. Gerd Scheibler war sich ziemlich sicher, dass die Kollegen keine falschen Schlüsse gezogen hätten, wenn er offen damit umgegangen wäre, dass er mit Berger schon einmal zusammen gerumpelt war. Gerd Scheibler schätzte zumindest die Kollegen so ein, mit denen er bisher in Ellwangen zusammen gearbeitet hatte.

Vielleicht war Karl Hartig aber auch nicht der Typ, der seinen Untergebenen soviel Vertrauen entgegen bringen wollte oder konnte. Zumindest passte für Gerd Scheibler alles, was Eugen Wolkow gerade erzählte, in das Gesamtbild, was er über Kurt Berger und dessen Aktivitäten hatte.

„Und wie haben Sie die Einkäufe für die Senioren, also Ihre Mitglieder, bei den Firmen in Ellwangen abgerechnet? Irgendwo müssen ja die Unkosten hereingebracht werden. Von einem Gewinn ganz zu schweigen", hakte Gerd Scheibler nun nach.

„Wir bekommen natürlich von den Ellwanger Firmen Rabatte. Im Gegenzug dürfen die das Logo des EllSD für ihre eigene Werbung nutzen. Es gibt eine Menge Menschen in Ellwangen und Umgebung, die nur deshalb bei diesen Partnerfirmen einkaufen, weil sie uns unterstützen wollen. Ich möchte jetzt keine Firmen beim Namen nennen, aber wenn Sie beim nächsten Mal einen Stadtbummel machen, achten Sie doch mal auf die blaugelben Aufkleber des EllSD an den Ladentüren", dozierte nun Eugen Wolkow, der sich sichtlich in der Attitüde des Bauernschlauen gefiel.

Langsam keimte in Gerd Scheibler eine erste Idee auf, worum es in dem Fall wirklich ging. Aber warum hatte Kurt Berger sterben müssen? Eugen Wolkow hatte ein wasserdichtes Alibi. Gut, er hätte von Bergers Tod profitiert. Hat er einen Killer beauftragt, um Kurt

Berger zu töten, während er selbst in Kiew die Nutten für seinen Puff besorgt hat? Beides würde ihm sehr schwer nachzuweisen sein. Hatte Brecht als Reporter zu sehr im Dreck herumgewühlt? Hatte sich Wolkow dadurch bedroht gefühlt und ihn ebenfalls umlegen lassen? Gerd Scheibler hatte jetzt eine Idee, aber noch keinerlei Beweise. Solange war es nur eine erste Theorie, aber immerhin überhaupt eine.

„Gibt es im Hasenlager einen Platz, an dem man etwas verstecken könnte, den wir noch nicht gesehen haben?", fragte er nun nach.

„Wenn Sie in den Bunkern nichts gefunden haben. Da liegt jede Menge Gerümpel herum."

„Bunker? Welche Bunker?", fragte Gerd Scheibler jetzt sichtlich überrascht.

„Na, die Bunker des ehemaligen Munitionslagers. Die haben Sie doch schon durchsucht. Oder nicht? Herr Riemann! Herr Riemann!", rief Eugen Wolkow jetzt lautstark nach dem Pförtner.

„Ja, Herr Wolkow", antwortete Sven Riemann und kam jetzt durch die Tür herein.

„Haben Sie der Polizei die Bunker nicht gezeigt?"

„Nein. Warum sollte ich? Es hat mich bisher noch keiner danach gefragt."

„Sofort die Schlüssel!", befahl Eugen Wolkow seinem Portier jetzt übertrieben beflissentlich.

„Wissen Sie Herr Kommissar, Kurt hat auch das alte Munitionslager gekauft. Dort gammelt das Zeug von den Wohnungsauflösungen vor sich hin. Ich hab das ja für eine Schnapsidee gehalten. Bisher hat der Verkauf des Trödels noch keinerlei Gewinn gebracht."

Zu Fuß gingen sie die dreihundert Meter bis zum Tor der ehemaligen Ellwanger Standortmunitionsniederlage. Sven Riemann tat sich etwas schwer, das rostige Vorhängeschloss zu öffnen. Auf den ersten Blick sah das Gelände ziemlich verwahrlost aus. Aus den Fugen des Betonplattenweges wuchsen bereits Gras und einzelne kleine Birkenschösslinge. Die Farbe an den ehemaligen Munitionsbunkern war stark verwittert, die Schrift auf den Gefahrgutschildern kaum zu entziffern.

„Nur die ersten drei Bunker werden genutzt. Die anderen sind alle mehr oder weniger leer", gab Sven Riemann jetzt bereitwilliger Auskunft.

„Was heißt hier mehr oder weniger? Geht es nicht etwas präziser, Herr Riemann?", herrschte ihn Gerd Scheibler an.

„In den anderen liegen noch Paletten oder leere Holzkisten und so ein Kram."

„Sperren Sie alle auf! Hannes, wir brauchen sofort Verstärkung. Und ruf Zappa an. Er soll gleich auch noch hier raus kommen."

„Wird gemacht, Gerd", bestätigte Johannes Häberle und griff zum Handy.

„Jenny, so wie es aussieht, wird das unsere nächste Nachtschicht", sagte Gerd Scheibler, als Sven Riemann alle Bunker geöffnet und er die gestapelten Kartons und Möbelstücke in drei der Bunker kurz in Augenschein genommen hatte.

„Kein Problem Gerd. Der Gott des Schlafes ist sowieso schon die ganze Woche gegen mich."

„Und der Gott des Kinobesuches gegen mich."

Zwanzig Minuten später traf Matthias Zabert im Hasenlager ein. Wenig später fuhren vier weitere Streifenwagen ins ehemalige Munitionslager ein. Polizeioberrat Hartig hatte zusätzlich weitere Kollegen hinausbeordert, um bei der Sichtung des Bunkerinhalts zu unterstützen.

„Ich glaub, den Rest können wir vernachlässigen", stellte Gerd Scheibler gegen 22.30 Uhr fest und verteilte vier Kartons mit Schriftstücken, Ordnern und Akten auf sein Team, nachdem er die Durchsuchung der Bunker für beendet erklärt und alle vor Ort eingesetzten Beamten wieder entlassen hatte.

32 Stiftskeller (14. April 2011)

„Guten Abend, Ihr Zwei! Ich hab gerade eine schöne Kalbsbrust im Ofen. Die könnt Ihr mit Spätzle und Speckbohnen haben. Dazu gibt es eine leckere Rahmsoße", begrüßte die Chefin des Stiftskellers Ellen Steiger und Frank Reiser.

„Was darf ich Euch denn zu trinken bringen?", fragte sie, nachdem sie das Teelicht in der kleinen Tischlaterne angezündet hatte.

Ellen Steiger bestellte Mineralwasser und einen trockenen Riesling.

„Bring uns gleich eine Flasche Riesling. Der passt doch zu der Kalbsbrust?", wollte Frank Reiser wissen.

„Ja, sehr gut. Also zweimal die Kalbsbrust, eine Flasche Riesling und eine Flasche sauren Sprudel."

„Frankie, Du bist immer für Überraschungen gut. Ich hätte heute nicht mit Dir gerechnet", sagte Ellen Steiger und blickte ihrem Gegenüber dabei wieder tief in die Augen.

„Ja, Ellen, ich wundere mich auch immer wieder. Ich meine, über mich selbst. Nach gestern Abend. Ich hab gehört, Du vertrittst den Rudi Kappel."

„Ja. Das stimmt. Peter Kappel ist ein langjähriger Klient. Der Rudi ist sein Sohn. Da gibt es nichts zu überlegen. Außerdem war Peter Kappel ein enger Freund meines Vaters. Die waren oft zusammen auf der Jagd. Aber willst Du heute nur übers Geschäft reden?"

„Nein. Es hat mich nur interessiert. Hat der Rudi mit dem Mord etwas zu tun?"

„Du weißt, dass ich darüber nicht sprechen darf."

„Dann lass es."

„So habe ich das doch nicht gemeint. Du darfst aber mit niemandem darüber sprechen. Ich glaube nämlich nicht, dass der Rudi etwas damit zu tun hat. Klar wusste er, dass Berger eine Lizenz für ein Bordell im Hasenlager bekommen hat. Schließlich ist sein Vater im Bauausschuss. Selbst wenn die Sitzung nichtöffentlich war. Es geht ja auch um sein Geld dabei. Aber deshalb tötet der Rudi doch keinen. Dazu hat er gar nicht genügend Mumm. Und er hat ein wasserdichtes Alibi für die Tatzeit. Für den Berger und für den Brecht. Das Beluga war jeden Abend gut besucht. Rudi kann mehrere Zeugen benennen, die bestätigen werden, dass er sein Bordell den ganzen Abend über nicht verlassen hat."

„Freier als Zeugen? Das ist ja nicht sehr originell."

„Wenn ein Stadtrat darunter ist, wird die Sache schon etwas pikanter. Aber er wird für Rudi aussagen."

„Dann sieht es ja für Rudi nicht schlecht aus. Und was ist mit den illegalen Nutten? Ist da etwas dran?"

„Alles üble Nachrede. Eine Ukrainerin hatte nur ihren Pass in der Wohnung vergessen. Hat sich auch alles aufgeklärt. Deshalb ist Rudi auf freien Fuß und wird es auch bleiben. Die Polizei hat nichts gegen ihn oder seinen Betrieb in der Hand. Ich werde eine einstweilige Verfügung beantragen, die es Rudi erlaubt, sein Bordell trotz der noch laufenden Ermittlungen weiter zu betreiben. Ich denke, das geht so durch vor Gericht."

„Dann ist der Fall für Dich ja schon wieder erledigt."

„Ja. So schnell kann das manchmal gehen. Meinen schwierigsten Fall habe ich aber noch vor mir."

„Willst Du darüber reden?"

„Über meinen schwierigsten Fall? Mit dem rede ich doch schon die ganze Zeit."

Frank Reiser schwieg und nahm Ellens Hand.

„Und hast Du darüber nachgedacht?"

„Ob wir zusammen ziehen?"

„Hey, Du kannst ja Gedanken lesen?"

„Ja, vielleicht kann ich das wirklich. Die Sache mit dem Urlaub wäre auch nicht schlecht. Ich brauche tatsächlich eine Auszeit."

„Aber doch nicht von mir. Oder weichst Du schon wieder aus, Frankie?"

„Nein, ich weiche Dir nicht aus. Es ist bloß so, dass momentan einige Dinge nicht so laufen, wie ich mir das vorstellen könnte."

„Was läuft denn mit mir nicht so, wie Du es Dir vorstellst? Sag mal, mein kleiner Grübler."

„Mit Dir läuft alles gut. Ich habe keinen Grund zur Klage. Aber sonst."

„Aha. Was sonst?"

„Der Chefredakteur hat mich heute angerufen. Er hat sich bei mir entschuldigt. Ich solle mir das überlegen. Und er bräuchte mich für einen Nachruf auf Brecht. Den könnte nur ich schreiben. Sonst hat den Brecht bei unserer Zeitung keiner so gut gekannt wie ich. Stimmt ja auch. Lange Rede, gar kein Sinn. Ich hab zugesagt."

„Du fängst wieder dort an?"

„Nein. Nur für den Nachruf."

„Ach so. Ich dachte schon, Du willst mir schonend beibringen, dass Du für einen Urlaub doch keine Zeit hast."

„Nein. Genau deshalb habe ich nur für den Nachruf zugesagt. Genau deshalb."

Ellen Steiger beugte sich zu ihm vor und küsste seine Nasenspitze.

„So, da haben wir zweimal die Kalbsbrust", kam plötzlich die Chefin des Stiftskellers schwungvoll dazwischen.

„Ich wünsche Euch einen guten Appetit. Und wenn Ihr noch Soße oder Spätzle nach haben wollt, rührt Ihr Euch einfach."

„Guten Appetit, Ellen."

„Danke. Wünsch ich Dir auch, Frankie. Lass es Dir schmecken."

„Wo willst Du denn hin im Urlaub, Ellen?"

„Du hast doch gesagt, an die Sonne."

„Ja. Irgendwohin, wo es nicht dauernd regnet. Der April geht mir schon richtig auf den Geist."

„Wie wäre es mit Namibia? Da soll es um die Zeit nicht zu heiß sein."

„Ja, da wollte ich immer schon einmal hin."

„Sag mir, wann es losgehen soll."

„Lass uns zwei Sachen vorher noch abschließen."

„Was für zwei Sachen meinst Du?"

„Rate mal."

„Du meinst eine gemeinsame Wohnung?"

„Du kannst ja auch Gedanken lesen. Ja. Eine gemeinsame Wohnung. Ich dachte erst, ich wäre noch nicht so weit. So kurz nach der Scheidung von Juliette."

„Wie lange muss man denn danach warten? Oder verpasst Du gerade etwas, weil Du mit mir zusammen bist?"

„Nein. Ich verpasse nichts. Es ist nur so, dass ich meinen Freiraum brauche. Aber lassen wir das."

„Nein. Sprich Dich aus. Ich möchte nicht, dass Du wegen mir etwas tust, was Dir nachher Leid tut."

„Themawechsel. Willst Du mit mir lieber in einem Haus oder in einer Wohnung einziehen."

„Du, das ist mir vollkommen egal. Wenn es sein muss, auch in einer Jurte oder in einem Iglu. Hauptsache, ich bin mit Dir zusammen."

„Und wenn wir es doch in der alten Post versuchen?"

„Dir geht es doch jetzt nicht ums Geld, oder? Da mach Dir mal keine Sorgen."

„Du immer mit Deinem Geld. Das ist mir scheißegal. Das weißt Du doch."

„Okay. In die alte Post. Wann?"

„Heute?"

„Das ist nicht Dein Ernst, oder?"

„Soll ich es mir noch einmal überlegen."

„Nein, Du Spinner!"

„Die Rechnung bitte!", rief Ellen Steiger mit freudig erregter Stimme in Richtung Tresen.

Zwanzig Minuten später räkelten sich beide im Whirlpool von Ellen Steigers Wohnung in der alten Post. Sie liebten sich anschließend so intensiv, wie schon lange nicht mehr. Ellen Steiger war überglücklich. Endlich war sie am Ziel. Sie wollte ihr Glück einfach nur genießen. So lange hatte sie noch nie um einen Mann kämpfen müssen.

Um 07.00 Uhr stand ihre „Trophäe" unter der Dusche und spülte sich den Schweiß einer langen Liebesnacht vom Körper, als Ellen Steiger ihn plötzlich von hinten umarmte und sich an seinem eingeseiften Körper lustvoll rieb. Noch einmal liebten sie sich unter dem heißen Wasserstrahl, bevor sie der Wecker im Schlafzimmer, den sie nicht ausgemacht hatten, in die kalte Realität zurückholte. Ellen Steiger hatte um 08.30 Uhr ihren ersten geschäftlichen Termin und deshalb nur kurz Zeit für ein gemeinsames Frühstück.

„Mir gefällt Dein Nachruf auf Brecht", kommentierte sie den Artikel von Frank Reiser in der druckfrischen Ausgabe der Ipf- und Jagst-Zeitung.

„Die SchwäPo hat das aber auch gut gemacht", entgegnete dieser, als er deren Lokalteil von Ellwangen aufgeschlagen hatte.

Eine ganze Seite war darin leer geblieben. Lediglich ein kurzer Leitartikel des Chefredakteurs gab einen Hinweis darauf, warum das in der heutigen Ausgabe so sein musste.

„Hier hätte Bernhard Brecht gerne seine journalistische Pflicht erfüllt und weiter über den Mordfall Berger berichtet. Leider ist ihm das nicht möglich. Seine Feder ist für immer verstummt. Von Mörderhand zum Schweigen gebracht. In der Ausübung seines von ihm so geliebten Berufes…", las Frank Reiser laut vor.

„Für meinen Geschmack etwas zu dick aufgetragen."

„Was sollen sie denn auch anderes schreiben? Immerhin, das mit der leeren Seite finde ich eine gute Idee."

„Wann kommst Du wieder?", fragte Frank Reiser, als sich Ellen Steiger von ihm verabschiedete.

„So kurz nach 10.00 Uhr bin ich wieder da. Wartest Du hier auf mich?"

„Ja. Ich hab nichts Besseres vor."

„Du Schuft! Du Lügner!", erwiderte Ellen Steiger lachend und küsste ihn gefühlvoll zum Abschied.

Kaum war Ellen Steiger weg, widmete sich Frank Reiser seiner zweiten offenen Baustelle, die er gestern zwar angedeutet hatte, auf die Ellen Steiger aber nicht näher eingegangen war. So sehr war sie auf das Thema gemeinsame Wohnung fixiert gewesen.

Frank Reiser fuhr den Computer auf dem Schreibtisch im Wohnzimmer hoch und öffnete zwei Fenster. In dem einen suchte er bei Google nach dem Begriff Namibiareise, in dem anderen gab er den Namen Karsten Eisch ein. Über Namibia gab es unzählige Artikel. Die Reiseveranstalter überboten sich im Lobpreis über ihre Reisearrangements und unterboten sich mit ihren Preisen, die dafür verlangt wurden. Frank Reiser wusste, dass Ellen Steiger als begeisterte Jägerin sicherlich gerne an einer Safari in dem südwestafrikanischen Land teilgenommen hätte. Deshalb schränkte er den Suchfilter noch auf Safari und Jagd ein, um ein entsprechend zugeschnittenes Angebot zu finden. Wenn Ellen Steiger später wieder zurück sein würde, wollte er ihr schon einen Vorschlag für einen gemeinsamen Namibiaurlaub unterbreiten können.

Unverändert gab es über Karsten Eisch wenig im Netz. Dieser Mensch schaffte es anscheinend, in den Medien fast unsichtbar zu bleiben. Momentan war Frank Reiser jedoch Namibia sowieso wichtiger.

33 Ellwangen (15. April 2011)

„So wie es aussieht, können wir das freie Wochenende vergessen. Stellt Euch bitte darauf ein, dass wir den Kram hier durchforsten, bis wir eine brauchbare Spur haben. Und wenn es bis Sonntag um Mitternacht dauert", gab Gerd Scheibler die neue Lage an sein Team bekannt.

Sie hatten am Vorabend die vier Kartons nur provisorisch in ihrem Büro abgestellt. Nur Matthias Zabert hatte einen davon geöffnet und mehrere Aktenordner auf seinem Schreibtisch ausgebreitet. Dann aber doch nur lustlos darin gestöbert. Schließlich war am gestrigen Tag auch privat für ihn so viel passiert, dass er lieber zu seiner Frau nach Hause fahren wollte, die sich immer noch nicht beruhigt hatte. Was er gleich merkte, als er in Rattstadt die Haustür aufsperrte.

„Lesestunde! Wer etwas hat, meldet sich", fügte Gerd Scheibler hinzu und begann, in einem großen Stapel von gleich aussehenden Büchern zu kramen.

„Das sind ja Tagebücher!", dachte er, als er den Deckel des ersten Bandes aufgeschlagen hatte.

2001 bis 2004 war innen in großen Zahlen und Buchstaben auf dem Titelblatt aufgedruckt. Dahinter folgten handschriftlich beschriebene Seiten, ausgeführt in feiner, gleichmäßiger Schrift. Ungefähr zur Hälfte des Bandes endeten die Einträge. Der hintere Teil war noch leer. Der Verfasser hatte offensichtlich im April 2004 zum letzten Mal etwas hineingeschrieben. Gerd Scheibler legte den Band zur Seite und nahm jetzt nacheinander jedes einzelne gebundene Tagebuch in die Hand, um sich einen ersten Überblick zu verschaffen.

Für den Zeitraum von 1952 bis 1975 war für jedes einzelne Jahr ein Band vorhanden. Ab 1976 waren jeweils vier bis fünf Kalenderjahre in einem Band zusammengefasst worden. Insgesamt zählte Gerd Scheibler 34

Bände, die zum Teil aber nicht bis zur letzten Seite voll geschrieben waren, wie er in einem ersten schnellen Durchblättern feststellen konnte. Die Schrift schien aber von ein und derselben Person zu stammen. Vor ihm lagen also sozusagen Memoiren. Aber wessen Memoiren? Gerd Scheibler wusste es noch nicht. Er würde es aber gleich herausbekommen.

„Wer von Euch hat die Liste?", fragte er deshalb in die Runde.

„Die ist bei mir", meldete sich Johannes Häberle, der am Vortag auch die Daten darauf aufgenommen hatte.

Lydia Resch. Ihr hatten die Sachen gehört.

Gerd Scheibler hatte im Bunker 1 den Nachlass von Lydia Resch auf verwertbare Hinweise untersucht. Beim Verschieben eines alten Schrankes hatte sich plötzlich dessen Rückwand selbständig gemacht. Aus einem versteckten Hohlraum waren dann mehrere schwarze Bücher herausgepurzelt. Diese Bücher lagen jetzt - zusammen mit den restlichen, die noch zum Vorschein gekommen waren - auf dem Schreibtisch vor Gerd Scheibler.

Sehr schnell hatte er feststellen können, dass Lydia Resch im November 2010 verstorben war. Sie war knapp 97 Jahre alt geworden. Ihre Kinder hatten ihre Wohnung durch den EllSD räumen lassen, aber von den letzten Habseligkeiten nichts mehr wissen wollen.

Gerd Scheibler fing an, in dem ältesten Band aus dem Jahre 1952 querzulesen. Schnell verlor er aber das Interesse an einzelnen Details, da es sich überwiegend um geschäftliche Vorgänge handelte, die nur ab und zu mit privaten Gedanken verknüpft waren. Gerd Scheibler merkte auch relativ schnell, wessen Tagebücher er in Händen hielt. Egon Resch, der Mann von Lydia Resch, hatte sie geführt. Egon Resch war Geschäftsführer der Württembergischen Akkumulatoren-Werke in Stuttgart gewesen. Im Jahre 1975 war er wohl in den Ruhestand getreten, da geschäftliche Dinge in seinen Aufzeichnungen ab dieser Zeit keine große Rolle mehr spielten. Lediglich in dem Band von 1990 kommentierte er die Entscheidung der Geschäftsleitung, die Württembergischen Akkumulatoren-Werke in eine Aktiengesellschaft umzuwandeln. Offensichtlich hätte er diese Veränderung nicht mitgemacht, wenn er noch etwas zu sagen gehabt hätte. Die Einträge zu dem Thema waren in der Wortwahl mit einem stark verbitterten Unterton verfasst worden. Zumindest entstand für Gerd Scheibler beim Lesen dieser Eindruck.

Seit 1975 lebte Egon Resch anscheinend als Rentner und Privatier. Das erklärte auch, warum ab diesem Jahr nicht mehr für jedes einzelne Kalenderjahr ein extra Band angelegt war. Er wohnte ab da auch wieder in Ellwangen, seiner Heimatstadt, wie er schrieb.

Nach vier Stunden hatte Gerd Scheibler alle Bände kurz gesichtet und sich eigentlich eine längere Pause verdient. Die letzten Einträge hatten ihn aber so gefesselt, dass er den Band 2001 bis 2004 nicht aus der Hand legen wollte.

„Das Jubiläum ist so gut wie vorbereitet. Karsten hat mich heute besucht und wollte von mir wissen, ob ich ihm noch etwas zu den Ereignissen im Frühjahr 1945 sagen könne. Die Chronik zum 80-jährigen Firmenjubiläum wäre fast fertig, sagte er. Lediglich die Zeit kurz vor dem Ende des Krieges wäre nur lückenhaft dokumentiert. Karsten sprach auch von einer Bürgerinitiative, die gefordert hatte, die Erhard-Eisch-Strasse umzubenennen, da es angeblich neue Verdachtsmomente gäbe, der Patron hätte sich während des Krieges doch in der Rüstungsindustrie an der Ausbeutung von KZ-Häftlingen und Fremdarbeitern beteiligt. Vor diesem Hintergrund müssten auch die karitativen und kulturellen Engagements des Patrons in einem anderen Lichte bewertet werden. Ich habe Karsten gesagt, dass ich mich kaum noch erinnern könnte. Der Patron war immer gut zu mir gewesen. Ich bin mir nicht sicher, ob Karsten mir geglaubt hat. Liebe Lydia, Du wirst diese Zeilen erst nach meinem Tod lesen können. Zu Deinem Schutz halte ich sie schon unser gemeinsames Leben lang vor Dir versteckt. Es ist aber besser so. Ich bin jetzt 94 Jahre alt. Wovor sollte ich mich noch fürchten?", lautete der letzte Eintrag von Egon Resch.

„Kann mir jemand sagen, wann dieser Resch gestorben ist?", fragte Gerd Scheibler in die Runde.

„Moment mal. 17. April 2004 steht hier. Er ist 94 Jahre alt geworden", rief ihm Jenny Geiger von ihrem Platz aus zu.

„Seltsam!", dachte Gerd Scheibler.

Der letzte Eintrag des Tagebuches stammte nämlich vom 16. April 2004.

„Wissen wir, woran er gestorben ist?"

„Ja. Es gibt sogar einen Bericht darüber. Er ist beim Überqueren der B 290 kurz vor der Abzweigung nach Schrezheim angefahren worden. Fahrerflucht. Man hat ihn erst am nächsten Morgen an der Böschung liegend tot aufgefunden. Der Unfallfahrer konnte nie ermittelt werden. Resch war wohl zu Fuß auf dem Nachhauseweg nach Schrezheim. Es war ein dunkler Abend gewesen, so wie zurzeit die Abende auch dunkel sind. Resch war in dunkler Kleidung unterwegs. Womöglich ist Resch, ohne auf den Verkehr zu achten, einfach auf die Strasse getreten und in den Wagen hineingelaufen, steht hier. Wenn der Fahrer angehalten und Erste Hilfe geleistet hätte, wären die Ermittlungen gegen ihn recht schnell eingestellt worden. So ist er womöglich in Panik abgehauen und es wurde wegen Fahrerflucht und unterlassener Hilfeleistung ermittelt. Im Ergebnis aber ohne Erfolg. Die Akte wurde 2005 endgültig geschlossen."

„Danke, Jenny."

34 Hotel zur alten Post (15. April 2011)

„Schau mal. Wie gefällt Dir das?", fragte Frank Reiser, als er sich aus der Umarmung von Ellen Steiger gelöst hatte.

„Jagd- und Gästefarm. Das hört sich ja gut an. Und was bieten die?"

„Zweihundert Tausend Hektar Jagdgebiet. Begleitung durch Meisterjagdführer und immense Wildbestände. Oryx-Antilopen, Kudus, Springböcke, Warzenschweine, Giraffen, Impalas, Gnus, Leoparden und noch viele andere Wildarten kann man dort jagen. Wenn Du möchtest, sogar mit Pfeil und Bogen. Hier steht, die haben sich auf Leoparden- und Hyänenjagd spezialisiert. Wäre das nichts für Dich? Ein Leopardenfell vor dem flackernden Kamin in einer einsamen Jagdhütte."

„Und wie kommen wir da hin?"

„Hab ich schon recherchiert. Es gibt Direktflüge von Stuttgart nach Windhoek mit Air Namibia. Die Leute holen uns dann vom Flughafen ab und kümmern sich um alles andere. Du könntest sogar Deine eigenen Jagdwaffen mitbringen."

„Das hört sich ja richtig gut an. Und was machst Du in der Zeit?"

„Ich begleite Dich als Dein Träger und schreibe eine Reisereportage. Das wäre doch was, oder?"

„Und wann geht es los?"

„Ab Montag haben die ständig noch Plätze frei."

„Du spinnst doch jetzt völlig, oder?"

„Werde ich Dir jetzt schon zuviel? Ich wohne doch erst eine Nacht bei Dir. Wenn ich Dir zu anstrengend bin, musst Du mir das sagen. Noch habe ich meine Wohnung in Rindelbach."

„Okay. Ab Montag. Jetzt müssen wir nur noch buchen."

„Nein. Müssen wir nicht. Ist schon gebucht."

„Du spinnst doch? Was hättest Du gemacht, wenn ich so schnell keine Zeit gehabt hätte?"

„Dann wäre ich alleine geflogen."

„Das ist aber jetzt nicht Dein Ernst?"

„Nein. War nur Spaß. Dann hätte ich halt storniert oder verschoben oder was weiß ich?"

Mit diesen Worten umarmte Frank Reiser Ellen Steiger und trug sie ins Schlafzimmer.

Ab 12.30 Uhr war Frank Reiser wieder alleine. Die Suche nach Karsten Eisch hatte ihm die ganze Zeit keine Ruhe gelassen. Er hatte einen Stuttgarter Journalisten angerufen und diesen gebeten, ihm Informationen zu besorgen, da er vermutete, dass in den Stuttgarter Zeitungsarchiven mehr über diesen mysteriösen Mann zu finden sein musste. Eine Stunde später flatterte ein Dossier via E-Mail auf den Rechner von Ellen Steiger, den Frank Reiser gerade nutzte.

Karsten Eisch. Jahrgang 1920. Er war also auf dem Foto von 2004 doch schon älter, als Frank Reiser gedacht hatte. Karsten Eisch war der Sohn von Erhard Eisch, dem Gründer der Filderwerke gewesen. Sein älterer Bruder Arthur war bei einem Bombenangriff 1945 kurz vor Kriegsende ums Leben gekommen, als er jüdische KZ-Häftlinge und polnische Fremdarbeiter aus den brennenden Fabrikhallen der Filderwerke befreit hat. Das Dossier enthielt eine größere Anzahl von Presseartikeln. Arthur Eisch der Held. Erhard Eisch der Retter der Juden. Erhard Eisch schafft Arbeitsplätze. Erhard Eisch beschäftigt Sudetendeutsche. Erhard Eisch spendet Geld zum Bau einer Sporthalle. Und und und. Eine einzige Erhard-Eisch-Heldensaga. 1987 ist Erhard Eisch gestorben. Karsten Eisch hat dann die Firma in die WüAkk AG überführt. 2006 ist Karsten Eisch gestorben. Seine Söhne Erhard und Arthur haben den Aktienbesitz übernommen.

Arthur Eisch war danach aber mehr als Playboy und Kunstmäzen im Raum Stuttgart in Erscheinung getreten. Erhard II. führte die Geschäfte weitgehend unter Ausschluss der Öffentlichkeit. So wie das sein Vater all die Jahre geschafft hatte. Momentan war anscheinend ein Streit über die Rolle von Erhard Eisch bei Kriegsende entbrannt. Eine Fraktion im Stuttgarter Stadtrat hatte beantragt, die Erhard-Eisch-Strasse umzubenennen. Bislang fehlte aber der historische Beweis dafür, dass Erhard Eisch ein Kriegsgewinnler gewesen war.

„Erhard Eisch muss der Patron gewesen sein", dachte Frank Reiser.

Schon bereute er, dass er am Tag davor das Blatt aus dem Auto von Brecht bei der Polizei abgegeben hatte. Jetzt sah es so aus, als ob die Sache mit der Umbenennung der Strasse in Stuttgart damit in einem Zusammenhang stehen könnte.

Frank Reiser überlegte.

„Wenn Brecht von Berger einen Auszug eines alten Tagebuches zugeschickt bekommen hat, dann kann das mehrere Bedeutungen haben. Berger wollte, dass die Sache groß in der Presse aufgemacht wird, um der Gerechtigkeit zum Sieg, quasi zum Endsieg, zu verhelfen. Dazu hat er sich Brecht ausgesucht, da dieser in letzter Zeit in Ellwangen durch gute journalistische Arbeit, aber auch durch seinen reißerischen Stil auf sich aufmerksam gemacht hat", konkretisierte sich eine erste Variante in seinem Hirn, die er auf einem Notizzettel grob mit einem Pfeildiagramm skizzierte.

„Oder Berger wollte die Eisch-Familie erpressen und brauchte dazu das Druckmittel einer drohenden Presseveröffentlichung der ganzen Wahrheit. Sollte dieser Plan funktionieren, müsste Berger sich sicher sein, dass Brecht recherchiert und die Eisch-Familie durch seine Nachforschungen so nervös macht, dass sie an Berger bereitwillig zahlen", hatte Frank Reiser wenig später auf einem weiteren Schmierzettel stehen.

„Auch bei dieser Variante wäre auf Brecht Verlass, da er ehrgeizig genug war, um einer solchen Spur hartnäckig nachzugehen. Der Haken an dieser Geschichte ist nur, dass man Brecht rechtzeitig wieder an die Leine legen musste, bevor er selbst die ganze Wahrheit herausfindet und Berger entweder doch nichts bekommt oder erhaltenes Geld wieder zurückgeben muss", gab er sich bei seinen Überlegungen jetzt selbst zu bedenken.

„Gut. Brecht war an der Leine. An der ewigen Leine sozusagen. Aber der Tod von Berger passt in keine der beiden Varianten hinein. Der Tod von Berger machte keinen Sinn. Es sei denn, die Eisch-Familie wollte nie zahlen, hat Berger beseitigt und dann auch noch Brecht, weil er zu sehr geschnüffelt hat", schoss es Frank Reiser nun durch den Kopf.

„Das ist es!", dachte er.

Trotzdem grübelte er noch weiter.

Der Brand der Berger-Villa. Was hatte es damit auf sich? Das machte ja nur Sinn, wenn Berger dort seine Beweise aufbewahrt hat. Oder ein Ablenkungsmanöver? Zappa hatte Frank Reiser erzählt, dass im Hasenlager das Büro von Kurt Berger durchwühlt war, als sie die Leiche von Bernhard Brecht dort gefunden hatten. Dann war der Brand der Villa kein Ablenkungsmanöver, sondern sollte die Einbruchspuren verwischen. Weil das Gesuchte nicht in der Villa gewesen war? Deshalb wurde im Hasenlager weiter gesucht? Oder war Brecht in die Berger-Villa eingebrochen, um sich den Rest des Tagebuches zu holen, nachdem sein Lieferant Berger tot war? Frank Reisers Gedanken wurden langsam wirrer und er entwickelte immer noch haarsträubendere Theorien. Zum Schluss lag ein Wust an Notizzetteln vor ihm auf dem Schreibtisch. Er war der Lösung des Rätsels aber keinen Schritt näher gekommen.

„Hat der Berger eigentlich ein eigenes Jagdhaus hier in der Umgebung gehabt?", fragte er Ellen Steiger, als sie gegen 14.00 Uhr wieder in ihrer Wohnung war.

„Ja. In der Nähe von Stocken. Die Hütte liegt ungefähr zwei Kilometer von der Autobahn entfernt. Am Hornberg etwa auf Höhe des Virngrund-Tunnels. Warum interessiert Dich das?"

„Ist nur so eine Idee. Kann man da mit dem Wagen hinfahren?"

„Nein. Die Forststrassen sind gesperrt. Wenn Dich da jemand erwischt, bekommst Du eine Anzeige. Und außerdem liegt die Hütte etwas abseits der gut ausgebauten Trassen. Nach dem Dauerregen der letzten Wochen ist die Zufahrt sicher ein einziger Morast. Ohne Geländewagen kommt man da nur zu Fuß hin."

„Na ja, ist auch nicht so wichtig."

„Tu doch nicht so. Was willst Du denn dort?"

„Nein, ich hab da eine Theorie. Ich bin da auf etwas gestoßen. Es gibt in Stuttgart eine Firma, die heißt Wü-Akk AG, ehemals Württembergische Akkumulatoren-Werke. Großaktionär ist eine gewisse Familie Eisch. Erhard Eisch hat die Firma, die Batterien herstellte, wie der Name schon vermuten lässt, zwischen den beiden Weltkriegen aufgebaut. Im letzten Krieg ist sie ziemlich verwüstet worden. Er hat es aber irgendwie geschafft, nach dem Krieg sehr schnell wieder sehr erfolgreich zu werden. So wie es aussieht hat ihm sein guter Ruf bei den Besatzungsmächten dabei Vorteile verschafft. Er soll Juden und Zwangsarbeiter in seinem Betrieb gerettet haben. So etwas wie ein zweiter Schindler. Erhard Eisch ist längst tot. Sein Sohn Karsten hat den Betrieb später in eine AG umgewandelt. Die sind jetzt Teil einer Holding, die nicht mehr nur alleine Batterien herstellt. Die halten auch Anteile an Daimler, Bosch und weiteren großen deutschen Firmen hier im Süden. Das Vermögen der Eisch wird auf über sechs Milliarden Euro geschätzt. Genau weiß das natürlich niemand. Außer ihnen selbst vielleicht."

„Und was haben die mit der Jagdhütte von Kurt Berger zu tun?"

„Ja, ich hab da eine Theorie. Es gibt Hinweise darauf, dass die Gründungsgeschichte der WüAkk AG frisiert worden ist und Erhard Eisch doch kein solcher Wohltäter gewesen ist, wie es die Legende berichtet. Bisher hat es für diese Vermutungen aber noch keine handfesten Beweise gegeben. So. Und jetzt meine Theorie. Womöglich hatte Kurt Berger solche Beweise in Händen oder vorgegeben, sie in Händen zu haben. Und deshalb musste er sterben. Und jetzt komme ich zu der Jagdhütte. Ich glaube, dass diese Beweise noch irgendwo liegen. Wo könnte man etwas besser verstecken, als in einer abgelegenen Jagdhütte?"

„Na ja, ich weiß nicht. Ein bisschen viel Theorie. Und deshalb willst Du bei dem Regenwetter durch den Wald laufen? Da wüsste ich was Besseres, Frankie."

„Aber Du würdest mir Deinen Geländewagen leihen, wenn ich trotzdem dort hin möchte? Oder sogar mitkommen? Dann müsste ich nicht im Wald nach der Hütte suchen. Anschließend, wenn wir so richtig durchnässt und durchgefroren sind, können wir uns ja im Whirlpool von den Strapazen erholen. Was hältst Du davon, Ellen?"

„Klingt verlockend. Aber ich muss noch die Hotelabrechnung für diese Woche machen. Wenn wir Montag fliegen wollen, muss das jedoch vorher noch erledigt werden. Die Sache mit dem Whirlpool können wir ja trotzdem im Auge behalten. Lust darauf hätte ich schon."

„Okay. Du kümmerst Dich um Deine Kohle. Ich geh schnüffeln. Wo steht denn Dein X 5?"

„In der Tiefgarage. Die Schlüssel liegen auf dem Garderobenschrank. Komm aber nicht zu durchgefroren zurück, damit ich Dich nicht zu lange auftauen muss. Hast Du mich verstanden, mein kleiner Spürhund?", verabschiedete sie Frank Reiser und gab ihm noch einen Kuss mit auf seinen Weg.

In der Tiefgarage überlegte Frank Reiser kurz. Für einen Ausflug in einen verregneten Wald war er gerade nicht wirklich passend angezogen. Deshalb bog er an der Quandtstrasse zunächst nach links ab und fuhr nach Rindelbach, um sich wetterfester auszurüsten. Mit Trekkingschuhen und Goretexjacke fühlte er sich kurze Zeit später gegen das Aprilwetter schon wesentlich besser gewappnet. Über Holbach und Stocken erreichte er den Wald, in dem irgendwo die Jagdhütte von Kurt Berger stehen musste. An dem ausgewiesenen Wanderparkplatz stellte er den dunkelgrünen Geländewagen von Ellen Steiger neben einem schwarzen Mercedes-Kombi ab. Er hätte zwar gerne den Wald mit dem X 5 nach der Hütte abgesucht, aber so, wie ihm Ellen Steiger den Weg beschrieben hatte, war anzunehmen, dass er das letzte Stück ohnehin zu Fuß zurücklegen musste. Und zudem wollte er sich keine Anzeige einhandeln.

Nach dem Wanderparkplatz folgte Frank Reiser der ersten Forststrasse nach rechts, die gleich heftig bergauf führte. In der Ferne war trotz des Regens der Verkehrslärm der Autobahn A 7 wahrzunehmen, an dem sich Frank Reiser etwas orientieren konnte. Da der Weg gut ausgebaut und trotz des Dauerregens gut zu begehen war, kam er zügig voran. Nach etwa einer halben Stunde war Frank Reiser allmählich der Meinung, die Umgebung der Hütte erreicht zu haben. An einer Wegegabel hatte er nun die Auswahl und wählte den rechten Weg, da dieser weiter bergauf zeigte. Wesentliches Auswahlkriterium war für ihn aber gewesen, dass dieser Weg nun etwas schmaler und steiniger wurde, was eher zu der Beschreibung passte, die ihm Ellen Steiger vom letzten Teil des Weges zu Bergers Jagdhütte gegeben hatte.

35 Polizei Ellwangen (15. April 2011)

„Haben wir eigentlich endlich die Aufstellung der ganzen Vermögenswerte von Kurt Berger? Und die Anschrift von dieser Leila Berger?", fragte Gerd Scheibler in die Runde.

„Ja, hab ich hier", meldete sich Jenny Geiger.

Gerd Scheibler notierte sich die Stuttgarter Anschrift von Kurt Bergers Ex-Frau und daneben noch eine Telefonnummer in Kiew.

„Das ist ja interessant."

„Was denn, Gerd?"

„Der Berger besitzt auch noch eine Jagdhütte. Hat mal jemand eine Umgebungskarte?"

Matthias Zabert wühlte kurz in einer Schreibtischschublade und holte mehrere topografische Karten 1:25.000 vom Landesvermessungsamt hervor.

„Wo steht denn die Hütte?", wollte Matthias Zabert wissen.

„Auf der Gemarkung Laubbuck, nördlich von Stocken", antwortete Gerd Scheibler und gab eine Koordinate an Matthias Zabert weiter.

„Dann müsste das auf dem Kartenblatt 6926 Stimpfach drauf sein", antwortete Matthias Zabert und entfaltete das angesprochene Kartenblatt.

„Das liegt ja am Arsch der Welt", kommentierte er die Lage der Jagdhütte, als er die angegebenen Koordinaten aus der Karte abgelesen hatte.

„Kennst Du Dich da aus, Zappa?", fragte Gerd Scheibler darauf.

„Klar, da gehe ich im Sommer mit Karo zum Pilze sammeln. Ist ziemlich unwegsam dort. Deshalb sind da weniger Sammler unterwegs. Es gibt dort hauptsächlich Steinpilze und Pfifferlinge. Die Hütte kenn ich. Da kommt man mit dem Wagen aber nicht hin. Die Zufahrt ist in einem schlechten Zustand gewesen letzten

Sommer. Über den Winter und jetzt bei dem Regen ist die bestimmt nicht besser geworden. Was willst Du denn bei der Hütte, Gerd?"

„So wie es aussieht, will ICH nichts. Aber Du schaust dort mal, ob sich in letzter Zeit jemand aufgehalten hat. Wäre doch ein gutes Versteck, oder?"

„Na, das ist ja mal eine gute Idee. Hannes, hast Du nicht Lust, dort hinzufahren?"

„Nein danke, Zappa. Ich hab mich schon wieder so an mein beheiztes Büro gewöhnt."

„Gerd, Du weißt schon, dass man da ein ganzes Stück laufen muss. Oder bekomme ich einen Geländewagen?"

„Sieht hier jemand einen Geländewagen, Kollegen?"

„Natürlich nicht!"

„Jenny, zu früh gefreut. Deinem blassen Gesicht kann ein wenig frische Luft auch nicht schaden. Du begleitest Zappa, damit er sich im Wald alleine nicht fürchtet. Ist das okay für Dich?"

„Klar, Gerd", antwortete Jenny Geiger und griff gleich zu ihrem Regenmantel.

„Wir nehmen besser noch Gummistiefel mit", schlug Matthias Zabert vor, als sie in der Garage in ihren Streifenwagen einsteigen wollten.

Es dauerte etwa zehn Minuten, bis sie über die Ortschaften Holbach und Stocken das große Waldgebiet südlich der A 7 erreicht hatten. Den Wanderparkplatz am Waldrand musste Matthias Zabert diesmal nicht anfahren, da er einen dienstlichen Grund hatte, die für den normalen Fahrzeugverkehr gesperrten Forststraßen zu benutzen. Im Vorbeifahren fielen ihm ein dort abgestellter dunkelgrüner BMW X 5 und ein schwarzer Mercedes-Kombi auf.

„Ideales Jägerwetter!", dachte Matthias Zabert, als er die beiden Fahrzeuge durch die Seitenscheibe musterte.

36 Hotel zur alten Post (15. April 2011)

„Das gibt es doch jetzt nicht?", fragte sich Ellen Steiger, als sie voller Vorfreude auf die Rückkehr von Frank Reiser die einzelnen Belege der vergangenen Woche überprüfte.

Sie hielt die Hotelrechnung eines Joachim Kreß in den Händen. Bis zu diesem Beleg war ihr nichts Ungewöhnliches aufgefallen. Zu der Hotelrechnung von Joachim Kreß gab es eine Kostenübernahmeerklärung. Das hieß, eine Firma übernahm die Kosten für das Hotelzimmer eines ihrer Angestellten. Das alleine wäre für Ellen Steiger noch nicht bemerkenswert gewesen. Alleine der Name der Firma war es jedoch.

WüAkk AG Stuttgart stand auf dem Schreiben, mit dem die Kosten für das Zimmer von Joachim Kreß übernommen worden waren. Joachim Kreß war seit einer knappen Woche Gast im Hotel zur alten Post.

„Angela, kommst Du bitte?", sprach Ellen Steiger ins Telefon und zwei Minuten später erschien Angela Hauber im Büro ihrer Chefin.

„Angela, Du warst doch die ganze Woche über schon im Tagesdienst an der Rezeption. Was kannst Du mir über unseren Gast Joachim Kreß sagen?"

„Ist etwas nicht in Ordnung mit ihm, Frau Steiger?"

„Nein. Was kannst Du mir über ihn sagen?"

„Er hat am Sonntag bei uns eingecheckt. Zimmer Nummer 18. Einzelzimmer. Eine Firma zahlt das Zimmer. Den Namen der Firma habe ich mir aber nicht gemerkt. Ich denke, er ist auch geschäftlich hier in Ellwangen. Zumindest habe ich ihn bisher nur in Anzug und Krawatte gesehen. Sein schwarzer Mercedes-Kombi steht meistens in der Tiefgarage. Abends geht er immer zu Fuß in die Innenstadt. Mehr weiß ich nicht über ihn. Da müssten Sie vielleicht den Herbert Fischer von der Nachtschicht fragen."

„Hat er mit Dir über irgendetwas gesprochen."

„Nur belanglose Sachen. Ach ja, er scheint Jäger zu sein. Er hat mich gefragt, wer in Ellwangen eine eigene Jagd hat. Ich habe ihm gesagt, dass ich das nicht wüsste. Dann hat er gefragt, ob man in der Umgebung eine Jagdhütte mieten könnte. Ich hab ihm gesagt, dass ich die eine oder andere Jagdhütte kenne, aber nicht wüsste, wem sie gehört oder ob sie vermietet würde. Damit hat er sich zufrieden gegeben. Ist etwas nicht in Ordnung mit Herrn Kreß?"

„Nein, nein. Alles in Ordnung. Du kannst wieder an die Rezeption zurück, Angela."

Angela Hauber verabschiedete sich und verließ das Büro von Ellen Steiger.

Ellen Steiger dachte an die Theorien, die ihr Frank Reiser vorhin aufgetischt hatte. Sie hatte ihn belächelt. Jetzt war sie schon leicht besorgt um ihn.

„Gut, Karl. Ich würde gerne kurz zu Dir rüberkommen", kam sie ohne Umschweife zum Thema, als Polizeioberrat Hartig am Telefon fragte, wie es ihr denn ginge.

Fünf Minuten später empfing er sie in seinem Büro.

„Ellen, was kann ich für Dich tun?", begrüßte er seinen Gast freundlich.

„Du musst mir helfen, Karl."

„Gerne. Wo brennt es denn, Ellen?"

In kurzen Worten erläuterte sie ihm ihre Sorgen um Frank Reiser, ohne dabei zu erwähnen, wie dieser an den Auszug aus dem Tagebuch gekommen war.

„Hast Du denn schon versucht, ihn anzurufen?"

„Ja. Aber die Mailbox geht dran. Wahrscheinlich gibt es dort oben keinen Empfang."

Während des Gesprächs hatte Polizeioberrat Hartig den Namen Joachim Kreß in seinen Computer eingegeben. Jetzt leuchtete das erste Suchergebnis auf seinem Bildschirm auf.

„Da hast Du Dir ja einen netten Gast ins Haus geholt mit Herrn Kreß."

„Was meinst Du damit?"

„Joachim Kreß ist kein unbeschriebenes Blatt bei uns. Mehrere Vorstrafen wegen schwerer Körperverletzung. Saß bis Ende 2009 in Stammheim. Ist wohl seither sauber. Arbeitet bei einer Sicherheitsfirma in Stuttgart. Warte, ich frag mal meinen Kollegen beim LKA, die haben oft mehr Infos als in der Akte stehen", sagte Karl Hartig und drückte auf eine Taste seines Telefons, unter der die Rufnummer von Polizeidirektor Grieser gespeichert war.

„Grüß Dich. Horst, habt Ihr einen Kunden namens Joachim Kreß? Der turnt gerade bei mir im Revier herum. Ja, das wäre nett. Gruß an Deine Renate. Wir sehen uns nächste Woche. Ja. Richte ich aus", beendete Karl Hartig sein kurzes Telefonat auch schon wieder.

„Mit dem Horst Grieser war ich bis Mitte letzten Jahres zusammen beim LKA. Ein guter Kollege und Freund von mir", überbrückte Karl Hartig jetzt die Zeit, bis auf seinem Bildschirm eine Eingangsnachricht aufleuchtete.

„Aha. Interessant. Könnte zu Deiner Geschichte passen, Ellen", kommentierte er den Inhalt der Nachricht, die er soeben überflogen hatte.

„Was meinst du damit, Karl?"

„Kreß arbeitet für den Stuttgarter Sicherheitsdienst Briem. Die sind unter anderem bei der WüAkk AG im Geschäft. Machen dort den Werkschutz. Kreß ist als einer der Fahrer und Bodyguards der Geschäftsleitung eingesetzt. Langt gerne mal kräftiger zu, wenn jemand seinen Chefs zu nahe kommt", antwortete Karl Hartig und griff zum Telefonhörer.

„Kollege Scheibler, kommen Sie mal zu mir. Und bringen Sie den Kollegen Häberle bitte gleich mit."

37 Hornberg (15. April 2011)

Der Regen hatte den alten Forstweg ziemlich in Mitleidenschaft gezogen. Frank Reiser war sich aber sicher, dass er mit dem X 5 von Ellen Steiger hätte hochfahren können.

Plötzlich hatte Frank Reiser einen fremdartigen Geruch in der Nase, der sich von dem modrig-feuchten Aroma des Buchenwaldes auffallend unterschied. Frank Reiser hatte Brandgeruch in der Nase.

„Da macht doch jemand ein Feuerchen", dachte er und wusste gleich, dass er auf der richtigen Fährte war.

Wenig später hatte er den Ursprung dieser Spur erreicht. Am Ende des Weges sah er die Jagdhütte, aus deren gemauertem Kamin dunkler Rauch quoll. Aufgrund des starken Regens konnte der Qualm nicht aufsteigen, sondern verteilte sich seitlich und blieb in den Kronen der kahlen Buchen hängen. Ein leichter Ostwind hatte eine Prise davon in die Richtung geweht, aus der sich Frank Reiser der Hütte genähert hatte.

Frank Reiser verharrte kurz hinter einer dicken Buche und entschloss sich dann, der Sache auf den Grund zu gehen. Schließlich war er nicht durch den Regen gestapft, um kurz vor dem Ziel umzudrehen. Durch die milchige Glasscheibe eines Fensters konnte er in das Innere der geräumigen Hütte sehen. Am Kanonenofen machte sich ein Mann zu schaffen, den er nur von hinten abschätzen konnte. Auf einem Tisch lagen mehrere schwarze Bücher. Der Mann hatte eines der Bücher in der Hand, riss Seite für Seite heraus und stopfte sie in den Ofen. Offensichtlich kam sein Feuer aber nicht so richtig in Schwung, da sich auch im Innenraum der Jagdhütte schon etwas Rauch verteilt hatte.

„Die Tagebücher! Da hat sie der Berger also versteckt", dachte Frank Reiser und wollte dem Mann nicht tatenlos zusehen, wie er diese in Flammen aufgehen ließ.

Wieder musste die Steine-Nummer helfen. Frank Reiser entfernte sich etwa fünfzehn Meter von der Hütte und legte sich hinter der Böschung des Waldweges ein paar faustgroße Steine zurecht. Krachend schlug der erste Stein auf dem Dach der Hütte ein. Frank Reiser konnte zwar den Eingang der Hütte nicht einsehen, sich aber gut vorstellen, dass der Mann gleich die Hütte verlassen würde. Deshalb warf er sicherheitshalber noch einen weiteren Stein an die Seitenwand der Jagdhütte. Tatsächlich tauchte der Mann plötzlich an der Ecke der Hütte auf und spähte rundum in den Wald. Die Mündung einer Pistole folgte dabei seinen Blicken.

Als der Mann hinter der Hütte wieder verschwunden war, nahm Frank Reiser die nächsten Steine und schleuderte sie, so weit er konnte, den Hang abwärts in den Wald hinein. Wie erwartet, sah er den Mann jetzt ebenfalls in die Richtung laufen, aus der die Geräusche vom Einschlag der Steine kamen.

„Jetzt oder nie!", dachte Frank Reiser und sprintete um die Hütte herum zum Eingang.

Er blickte kurz um sich. Dann ging er in die Hütte hinein und schnappte sich die beiden Bücher, die noch unversehrt auf dem Tisch lagen.

„Shit!", dachte Frank Reiser, als er wieder hinter der Böschung in Deckung lag.

Der Mann kam wieder über den Hang zur Hütte herauf. Frank Reiser zog seine Jacke aus, wickelte seine Beute darin ein, schob einen Haufen brauner Buchenblätter auseinander und begrub das Bündel darunter. Der Regen fing sofort an, sich durch den Pullover von Frank Reiser zu fressen. Nass zu werden war aber gerade nicht dessen größtes Problem.

Der Mann war zwischenzeitlich wieder in der Hütte verschwunden. Als er gleich darauf herauskam, hatte sein Gesichtsausdruck bereits von Enttäuschung in Wut umgeschlagen.

38 Hornberg (15. April 2011)

Der Regen prasselte jetzt wieder heftiger gegen die Windschutzscheibe, sodass Matthias Zabert den Scheibenwischer eine Stufe höher schalten musste, um wieder freie Sicht auf die Forststrasse zu haben. Zum Glück kannte er sich in dem Wald gut aus und brauchte keine Orientierungshalte, um den Weg zur Jagdhütte von Kurt Berger zu finden. Dass sie ihm gehörte, hatte Matthias Zabert aber nicht gewusst. Er war im vergangenen Spätsommer mit seiner Frau an mehreren Tagen hier oben gewesen, um Pilze zu suchen. Nie war ihm dabei etwas Besonderes an der Hütte aufgefallen.

„Da vorne geht es gleich rechts hoch", informierte er Jenny Geiger, als er den Streifenwagen auf eine Wegegabel zusteuerte.

„Wie ich es mir gedacht habe", ergänzte er, als er nach rechts abgebogen war und jetzt den ausgespülten Schotterweg einsehen konnte.

„Fußmarsch, Jenny. Ab hier kommen wir mit dem Auto nicht weiter. Die Schlaglöcher sind zu tief. Spätestens da vorne setzt der Wagen auf. Wir hätten doch einen Geländewagen gebraucht."

Matthias Zabert hielt mitten auf dem Weg an und stieg aus. Er öffnete die Heckklappe des Streifenwagens und holte seine Gummistiefel heraus.

„Du bleibst beim Auto, Jenny!", sagte er zu Jenny Geiger, die sich nun ihrerseits an ihren Schuhen zu schaffen machen wollte.

„Aber warum denn?"

„Einer muss am Funk bleiben. Das ist so Vorschrift. Ich bin ja gleich wieder da. Es sind nur ein paar Hundert Meter bis zu der Jagdhütte. Ich geh hoch und schau, ob es dort oben etwas für uns gibt. Und wenn ja, müssen wir eh auf Verstärkung warten."

„Mann! Wenn es was zu sehen gibt, darf ich nicht mit", antwortete Jenny Geiger trotzig.

„Jenny, sei ein braves Mädchen und pass auf den Funk auf."

Ganz einleuchtend war die Erklärung für Jenny Geiger nicht. Aber schließlich war Matthias Zabert der erfahrene Polizist und sie die Praktikantin. Sie musste also tun, was er von ihr verlangte. Schließlich hatte er auch die Verantwortung. Sie musste an die Worte ihres Großvaters beim Essen im Stiftskeller denken. Was sollte sie auch versäumen? Im warmen Auto zu sitzen war sowieso bequemer, als durch den nassen Wald zu marschieren. Sie holte ihr Handy heraus, um zu sehen, ob es irgendetwas Neues gab. Auf dem Display waren aber keine Balken zu sehen. Anscheinend hatte sie in dieser Einöde keinen Empfang.

So richtig Spaß hatte auch Matthias Zabert an der Geschichte nicht. Er hatte die falschen Gummistiefel eingepackt, wie er nach wenigen Metern feststellen musste. Sie waren etwas zu klein für seine Füße und drückten jetzt bei jedem Schritt. Umdrehen und seine Halbschuhe wieder anziehen wollte er aber auch nicht. Gummistiefel waren für dieses Terrain doch die bessere Wahl, auch wenn sie nicht genau passten. Matthias Zabert hatte schließlich auch keine Eile. Und die Stiefel waren ja nur ein kleines Bisschen zu eng.

Plötzlich waren die drückenden Gummistiefel nicht mehr wichtig. Zwischen den großen Buchen hatte Matthias Zabert in der Ferne eine Bewegung wahrgenommen. Er konnte aber nicht genau erkennen, ob er ein Stück Wild aufgescheucht hatte oder wer oder was sich sonst dort gerade bewegt hatte. Mit bedächtigen Schritten ging er weiter den Weg entlang, bis er sehen konnte, wer sich da vermutlich kurz zuvor durch den Wald bewegt hatte. Vor der Jagdhütte stand ein Mann. In seiner rechten Hand hielt er eine Pistole.

39 Polizeirevier (15. April 2011)

„Den Kollegen Scheibler von der Aalener Kripo müsstest Du bereits kennen. Das ist der Kollege Häberle. Sie bearbeiten die beiden Mordfälle", stellte Polizeioberrat Hartig die beiden Beamten vor, die er zu sich in sein Büro befohlen hatte.

„Siehst Du, Ellen. Kein Grund zur Sorge. Deinem Herrn Reiser kann nichts passieren. Wir haben eine Streife vor Ort", bewertete Karl Hartig den kurzen Vortrag von Gerd Scheibler zur Lage.

„Kollege Scheibler, wir machen jetzt Folgendes. Geben Sie dem Kollegen Zabert Bescheid, er soll nichts weiter unternehmen, sondern auf uns warten. Wir fahren hoch zu der Hütte und sehen uns dort um. Sollte dieser Kreß dort sein Unwesen treiben, kümmern wir uns um den auch gleich. Ellen, willst Du mitfahren?"

„Klar will ich mitkommen. Und wegen mir macht Ihr jetzt ein solches Tamtam?"

„Ellen, lass das bitte meine Sorge sein."

Gerd Scheibler und Johannes Häberle waren in den Funkraum gegangen, wohin ihnen nun Karl Hartig und Ellen Steiger gefolgt waren.

„Jagst Anton für Jagst Cäsar. Kommen!", setzte Gerd Scheibler einen ersten Funkspruch ab.

„Jagst Cäsar für Jagst Anton. Höre Sie. Kommen!", meldete sich eine weibliche Stimme.

„Jenny. Wo seid Ihr? Kommen!"

„Wir stehen hier mitten im Wald. Zappa ist seit ein paar Minuten zu Fuß zu der Hütte unterwegs. Kommen!"

„Ist sonst noch jemand bei Euch? Vielleicht Frank Reiser, der Reporter? Kommen!"

„Nein. Niemand sonst. Kommen!"

„Gut. Jenny, bleib, wo Du bist. Wir kommen zu Euch raus. Bleib am Funk. Ende!"

40 Hornberg (15. April 2011)

Der Regen lief Frank Reiser in den Nacken, während er sich an die Böschung drückte, um von dem Mann nicht gesehen zu werden.

„Ich muss hier weg!", dachte er, da der Mann sicherlich gleich damit beginnen würde, die Umgebung der Jagdhütte intensiver nach demjenigen abzusuchen, der ihm die verbliebenen Tagebücher weggenommen hatte.

Joachim Kreß schnaubte vor Wut. Er ärgerte sich über sich selbst. Mit einer uralten Finte hatte er sich gerade aus der Hütte locken lassen. Jetzt waren die restlichen Tagebücher weg.

„Wenn der scheiß Ofen besser gezogen hätte, wäre der ganze Kram schon längst verbrannt", grübelte Joachim Kreß, seine Einsichten halfen ihm aber in der Situation nicht unbedingt weiter.

Ihm war klar, dass er mächtigen Stress bekäme, wenn er den Job heute wieder versauen würde. Er hatte schon den Reporter falsch eingeschätzt und ihn deswegen umlegen müssen.

„Keine Toten!", hatte ihm sein Boss eingeschärft.

Aber es half jetzt alles nichts. Er musste den Kerl finden, der sich gerade die Tagebücher unter den Nagel gerissen hatte. Ein weiterer Toter machte da das Kraut auch nicht mehr fetter, war sich Joachim Kreß sicher.

Mit der Pistole im Anschlag stand er nun vor dem Eingang der Hütte und lauschte. Nichts, außer dem Regen, war zu hören. Joachim Kreß ging langsam den Schotterweg entlang, links und rechts nach einem Ziel Ausschau haltend.

Diese Gelegenheit wollte Frank Reiser nutzen, sprang von seiner Deckung auf und lief bergab im Zickzack in den Wald hinein.

Joachim Kreß drehte sich blitzschnell in die Richtung um, aus der er nun Geräusche gehört hatte.

Er versuchte, auf den weglaufenden Mann zu zielen, konnte aber nur einmal grob in dessen Richtung feuern, in der Hoffnung, dass dieser eingeschüchtert stehen bleiben würde. Diesen Gefallen tat ihm Frank Reiser aber nicht.

Matthias Zabert hatte den Mann von der Jagdhütte losgehen sehen und war nun hinter einer dicken Buche in Deckung, um zunächst ungesehen zu bleiben. Plötzlich hatte der Mann sich zur Seite gedreht und einen Schuss in den Wald abgegeben. Matthias Zabert hatte daraufhin in etwa zweihundert Meter Entfernung eine Bewegung im Wald erhaschen können. Der Bewaffnete verließ jetzt auch den Forstweg und ging in die Richtung des offensichtlich Flüchtenden in den Wald. Von seinem Platz aus konnte Matthias Zabert die Szene nur eingeschränkt einsehen, ein Eingreifen war auf diese Entfernung gar nicht möglich. Er brauchte Verstärkung!

„Scheiße! Kein Empfang!", stellte er fest, als er mit seinem Handy die Kollegen verständigen wollte.

Matthias Zabert folgte jetzt den Beiden in den Wald. Da er gleich einen ausgetretenen Wildwechsel fand, konnte er sich schneller durch den Wald bewegen. Noch hatten ihn die Anderen offensichtlich nicht bemerkt. Der Mann mit der Pistole tastete sich vorsichtig durch das Gestrüpp junger Buchen. Von dem Anderen war nichts mehr zu hören. Er lag anscheinend in Deckung. Plötzlich wieder ein Geräusch. Äste knackten.

„Frank!", schoss es Matthias Zabert durch den Kopf, als er erkannte, wer da vor dem bewaffneten Mann gerade davon lief.

„Halt! Stehen bleiben! Polizei!", rief er jetzt laut in die Richtung des Pistolenmannes, um ihn von seinem Freund abzulenken.

Ein Schuss in seine Richtung war aber die einzige Reaktion auf den Anruf.

„Frankie, komm hier rüber!", schrie er jetzt in die Richtung von Frank Reiser.

„Zappa, bist Du das?", kam als Antwort zurück.

„Ja. Hier bin ich."

Matthias Zabert und Frank Reiser näherten sich im Schutze dicker Buchen einander an, während Joachim Kreß zurück auf den Forstweg auswich. Die Sache war ihm jetzt endgültig zu heiß geworden. Er wollte nur noch weg.

„Scheiß Bullen!", dachte Joachim Kreß, als er plötzlich den Streifenwagen am Ende des Weges stehen sah.

Zweimal feuerte er auf die Frau neben dem Wagen, bis sie umfiel.

„Jenny! Jenny! Jenny!", rief Matthias Zabert immer wieder laut, während er wie ein angeschossener Keiler durch den Wald auf den Streifenwagen zustürmte.

Dabei bemerkte er gar nicht, dass der Mann jetzt auf ihn schoss und ihn bereits einmal am linken Oberarm mit einem Streifschuss getroffen hatte.

„Waffe runter!", befahl er nun, nachdem er etwa fünfzehn Meter vor dem Forstweg hinter einer Buche Deckung gefunden hatte.

„Ich glaube eher, dass Du die Waffe runter nimmst. Scheiß Bulle! Sonst mache ich Deine kleine Freundin hier kalt. Also runter mit der Knarre!"

Und dabei richtete Joachim Kreß die Mündung seiner Pistole auf die am Boden liegende Jenny Geiger.

Matthias Zabert drückte dreimal ab, bis Joachim Kreß zu Boden ging. Sofort stürzte er auf ihn zu und stieß dessen Waffe zur Seite.

„Scheiß Bu - ulle. Ru - unter mit der Kna - rre, hab ich ge…", waren die letzten Worte von Joachim Kreß.

„Jenny, was machst Du denn für Sachen?", fragte Matthias Zabert und beugte sich über seine Kollegin.

„Mach Dir keine Sorgen. Verstärkung ist unterwegs, Zappa", flüsterte sie leise.

41 Hornberg (15. April 2011)

Mit hoher Geschwindigkeit raste die Kolonne durch Holbach und Stocken. An allen vier Einsatzwagen waren die Blaulichter eingeschaltet. Kurz vor dem Ortseingang wurden jeweils zusätzlich die Martinshörner aktiviert, damit keiner der Dorfbewohner auf die Idee kommen sollte, ausgerechnet jetzt die Strasse zu überqueren. An der Abzweigung nach Eigenzell bog Polizeioberrat Hartig, der den ersten Wagen lenkte, nach links in den Wald ab und folgte der breiten Forststrasse in Richtung Stockensägmühle.

„Da steht mein Wagen!", rief plötzlich Ellen Steiger, die auf dem Beifahrersitz neben ihm saß.

Karl Hartig legte eine Vollbremsung hin und sprang dann aus dem Auto. Er gab der Besatzung des folgenden Streifenwagens kurze Anweisungen.

„Die sehen sich den Wagen an. Wir fahren weiter", informierte er seine Mitfahrerin und gab wieder Gas.

„Da vorne müssen wir hoch und dann rechts", dirigierte Ellen Steiger, sodass Polizeioberrat Hartig sich an den Abzweigungen und Kreuzungen der gut ausgebauten Forststrassen nicht selbst orientieren musste.

Die verbliebenen zwei Einsatzfahrzeuge folgten nun mit etwas größerem Abstand, damit sie auf das Fahrverhalten ihres Chefs noch angemessen reagieren konnten. Der andere Wagen kam nämlich zuvor aufgrund der überraschenden Vollbremsung kurz ins Schlingern und wäre beinahe auf seinen Vordermann aufgefahren.

„Nach der nächsten Kurve kommt eine Wegegabel. Dort zweigt der Weg zur Jagdhütte von Berger nach rechts ab", gab Ellen Steiger die nächsten Orientierungshilfen, als plötzlich die Stimme von Frank Reiser aus dem Funkgerät zu hören war.

„Hört mich jemand? Wir brauchen Hilfe. Hallo! Hört mich jemand?", rief er in sein Mikrophon.

„Karl, das ist doch Frankie!"

„Jagst Cäsar, sind Sie das? Kommen!", antwortete jetzt Karl Hartig mit ruhiger Stimme, ohne die Geschwindigkeit seines Wagens deswegen zu verringern.

„Ich weiß nicht, wer Jagst Cäsar ist. Hier spricht Frank Reiser. Wir brauchen dringend Hilfe."

„Reiser, hier spricht Hartig. Wo sind Sie? Kommen!"

„Wir sind in der Nähe der Hütte. Wir brauchen einen Krankenwagen. Wir haben auch einen Toten hier."

„Bleiben Sie, wo Sie sind. Wir sind bereits auf dem Weg zu Ihnen."

Bevor Karl Hartig den Krankenwagen anfordern konnte, kam für ihn schon der Streifenwagen in Sicht, neben dem Frank Reiser stand. Er hielt das Mikrophon noch in der Hand.

Nachdem sie angehalten hatten, sprang Ellen Steiger sofort aus dem Fahrzeug und lief auf Frank Reiser zu. Sie fiel ihm um den Hals und drückte ihn an sich.

„Ist Dir was passiert, Frankie?", wollte sie gleich von ihm wissen.

„Nein, ich bin okay. Aber Zappa und seine Kollegin hat es erwischt", antwortete Frank Reiser und hielt Ellen Steiger fest, die das jetzt offensichtlich nötiger hatte, als er, der noch vom Adrenalin aufgeputscht war.

„Frankie, warum hast Du denn keine Jacke an? Du holst Dir noch den Tod bei dem Regenwetter", wurde Ellen Steiger jetzt in mütterlichem Ton vorwurfsvoll.

„Ja, ich hätte mir bei dem Wetter beinahe den Tod geholt. Aber Zappa hat mich rausgehauen."

Erst bei seiner Betonung von „den Tod geholt" wurde Ellen Steiger klar, was sie da gerade gesagt hatte.

Polizeioberrat Hartig dirigierte in der Zwischenzeit seine Polizeibeamten und ging dann zur Jagdhütte hoch, um sich einen Gesamtüberblick über den neuen Tatort zu verschaffen. Nicht ohne sich zuvor nach dem Zustand seiner verwundeten Untergebenen zu erkundigen.

42 Virngrund-Klinik (16. April 2011)

„Jenny, Du machst vielleicht Sachen", sagte Karl Geiger zu seiner Enkelin.

„Aber zum Glück hast Du ja die Weste getragen."

„Opa, das war kein Glück. Das ist Vorschrift. Auch als Praktikantin muss ich die tragen. Hast Du das vergessen?", antwortete Jenny Geiger ihrem Großvater.

Karl Geiger saß neben dem Bett seiner Enkelin in einem Krankenzimmer der Virngrund-Klinik.

„Wenn Sie nicht gewesen wären, hätte das noch schlimmer enden können", wandte sich Karl Geiger nun an Matthias Zabert, der sich neben dem Bett an die Wand gelehnt hatte.

„Wissen Sie Chef, das ging alles so schnell. Ich hab nur noch die Pistole gesehen. Als die Mündung auf Jenny gezeigt hat, habe ich einfach nur draufgehalten, bis der Typ umfiel. Da musste ich nicht viel nachdenken. Ich hab einfach abgedrückt."

„Zappa, ich bin nicht mehr Ihr Chef. Wenn das der Hartig hört, wird ihm das gar nicht passen."

„Ist mir halt so rausgerutscht. Immerhin waren Sie über fünfzehn Jahre mein Chef. Der Mensch ist ein Gewohnheitstier."

„Trotzdem danke dafür, was Sie für Jenny getan haben. Wie geht es eigentlich Ihrem Arm?"

„Ach. Nicht der Rede wert. Ist mit ein paar Stichen genäht worden. Ende nächster Woche kommen die Fäden raus. Dann ist das nur eine weitere Narbe. Der Streifschuss heilt schneller als Deine Hämatome auf der Brust, Jenny. Zeigst Du sie mir noch mal?"

„Opa, hilf mir. Ständig will der meine Brüste sehen. Das ist doch sexuelle Belästigung, oder?"

„Na, sexuelle Belästigung würde ich das nicht nennen. Wenn er Dich mal bei einer Streifenfahrt mit den Handschellen an die Dachreling des Wagens bindet und

Dich vernascht. Das ist sexuelle Belästigung. Aber nicht, wenn er nur Deine Brüste sehen will."

„Danke Chef, dass Sie mir aus dieser Klemme geholfen haben."

„Hast Du wirklich schon mal eine Kollegin mit Handschellen an die Dachreling gebunden und sie...? Du weißt schon was?"

„Hilfe Chef! Das wird mir jetzt zu intim. Wenn das meine Karo erfährt."

„Aua!", stöhnte jetzt Jenny Geiger, da das herzhafte Lachen ihrer Verletzung gar nicht gut tat.

„Ist das hier ein Krankenzimmer oder ein Komödienstadel? Wieso wird denn hier so laut gelacht? Die Patientin braucht doch Ruhe", kam jetzt die Stimme von Gerd Scheibler aus Richtung Tür.

Hinter ihm kam auch noch Johannes Häberle herein.

„Hallo, Gerd. Lachen ist doch gesund", antwortete Matthias Zabert.

Wieder konnte Jenny Geiger nur mit angezogener Handbremse mitlachen, da ihr bandagierter Brustkorb davon heftig schmerzte.

„Ich komm gerade von der Intensivstation", sagte Gerd Scheibler dann.

„Und was hat der Holzner ausgesagt? Bringt es uns weiter?", wollte Matthias Zabert wissen.

„Ich denke schon. Er hat ausgesagt, dass er den Mord an Kurt Berger beobachtet hat. Er wollte ihn wegen seiner Freundin zur Rede stellen. Er war über das Tor der hinteren Einfahrt zum Hasenlager geklettert, weil er sich nicht zum Haupttor hineingetraut hat. Er hat Kurt Berger auf dem Gerüst gesehen. Er sei aber nicht allein gewesen. Plötzlich sei ein Schuss gefallen und Berger vom Gerüst gestürzt."

„Und hat er den Kreß auf dem Foto als Täter wieder erkannt?", unterbrach jetzt Jenny Geiger.

„Ja. Hat er."

„Und weiter? Gerd, spann mich doch nicht so auf die Folter. Immerhin bin ich krank geschrieben."

„Er hat Kreß gesehen. Der hat mit dem Jagdgewehr von Berger geschossen. Holzner ist dann abgehauen und hat in Panik den Unfall gebaut. Ihn können wir von unserer Verdächtigenliste streichen."

„Versteh ich trotzdem noch nicht ganz", meldete sich Jenny Geiger wieder zu Wort.

„Ja, Jenny. Während Du und Zappa Euch hier in der Klinik ausgeruht habt, sind Hannes und ich natürlich fleißig gewesen. Zuerst haben wir uns den Reiser vorgeknöpft. Er hat die Sache mit dem Tagebuchauszug gestanden, den er aus dem Auto von Brecht hat mitgehen lassen. Zappa, du solltest irgendwann mal wieder Deinen Schreibtisch aufräumen. Diesen Tagebuchauszug hat er Dir nämlich zugeschickt. Lag in einem Umschlag auf Deinem Schreibtisch unter dem ganzen Kram aus den Bunkern."

„Mist!", kommentierte Matthias Zabert.

„Schwamm drüber, Zappa! Dein Kumpel Reiser hat uns alles gesagt, was er zur Geschichte der WüAkk AG und über die Eisch-Familie herausgefunden hatte. Diese Puzzleteile passten fast genau in unsere. Ob Erhard Eisch nun der zweite Oskar Schindler war oder nicht, wird jetzt nicht mehr bewiesen werden können, da die Tagebücher ja alle verbrannt sind. Briem, der Leiter des Sicherheitsdientes der WüAkk AG hat aber mittlerweile bei den Kollegen in Stuttgart eingeräumt, dass Joachim Kreß den Auftrag hatte, sich Berger vorzuknöpfen, der versucht hatte, die Familie Eisch mit den alten Geschichten zu erpressen. Mord war natürlich kein Teil des Auftrags. Hätte ich auch behauptet. Schließlich ist Kreß tot und kann seine Auftraggeber nicht mehr verpfeifen. Kreß muss aber auf die Fährte von Brecht gestoßen sein. Oder Brecht ist auf die Fährte von Kreß gestoßen. Jedenfalls wurde Brecht mit derselben Pistole ermordet, mit der Kreß auf Euch geschossen hat. Im Wagen von Kreß haben wir übrigens auch den Brandbeschleuniger gefunden, mit dem die Berger-Villa abgefackelt worden ist. Nicht schlecht, oder?", beendete Gerd Scheibler seinen Vortrag.

„Das ist wieder typisch. Kreß, der kleine Fisch ist tot. Ein Mittelsmann legt ein lauwarmes Geständnis ab und die reiche Familie Eisch bleibt im Hintergrund völlig außen vor. Da könnte ich mich doch schon wieder maßlos aufregen", eiferte sich nun Matthias Zabert.

„Und wenn die jetzt auch noch bei unserem Chef anrufen, passen wieder mal alle Klischees, die man so aus dem Fernsehen kennt."

„Kollege Zabert kann ja hellsehen. Das sollte man mehr draus machen. Hellseher sind gesuchte Leute", mischte sich jetzt Polizeioberrat Hartig ein, der das Zimmer betreten hatte, ohne von den Anwesenden bemerkt worden zu sein.

„Der Innenminister hat tatsächlich bei mir angerufen. Das LKA möchte umgehend sämtliche Unterlagen haben, die wir über die WüAkk AG und die Familie Eisch haben. Ich habe ihm gesagt, dass wir den Fall Berger/Brecht erst in Ruhe abschließen werden, bevor wir irgendwelche Akten abgeben."

„Uijuijui. Charlie, das war aber keine sehr karriereförderliche Ansage an unseren obersten Dienstherrn."

„Matze, Du weißt doch. Karriere ist nicht alles im Leben. Es geht doch um die Sache. Und nächste Woche stehen die Kollegen vom LKA sowieso hier bei uns auf der Matte und winken mit einem Verfahren der Internen, wenn wir die Akten nicht rausrücken. Also haben wir noch einen Samstagnachmittag und einen Sonntag Zeit, unsere Berichte zu schreiben und die Asservate zu sortieren", schloss Karl Hartig und verabschiedete sich.

Matthias Zabert hatte schon kurz an seiner Menschenkenntnis gezweifelt. Nun hatte Karl Hartig aber doch so reagiert, wie er es von ihm erwartet hatte.

„Und? Was machen wir mit dem angebrochenen Nachmittag?"

„Gerd, Du hast doch gehört. Berichte schreiben!"

„Vorher gehen wir aber noch ins Stadtcafe. Ich brauche unbedingt was Süßes. Wer kommt mit?"

Johannes Häberle und Matthias Zabert hoben nahezu synchron ihre Hände.

„Und was ist mit mir? Bekomme ich nichts Süßes?", beschwerte sich jetzt Jenny Geiger.

„Okay, Jenny. Wir bringen Dir auf dem Rückweg ein Stück Cappuccinotorte vorbei. Wenn der Onkel Doktor das genehmigt."

„Der Onkel Doktor wird da gar nicht gefragt", konterte Jenny Geiger gleich burschikos.

Zehn Minuten später saßen Gerd Scheibler und sein Team im Stadtcafe.

„Der Hellste scheint der Kreß aber auch nicht gewesen zu sein. Die Hasenlagersache ist ihm ja richtig aus dem Ruder gelaufen. Ich glaube denen sogar, dass es keinen Mordauftrag gegeben hat. Sonst hätte er den Berger ja einfach mit seiner eigenen Pistole erschießen und dann abhauen können. Anscheinend hat er die aber gar nicht dabei gehabt, dann das Gewehr in Bergers Auto liegen sehen und gedacht, er könne damit seinen Drohungen etwas mehr Nachdruck verleihen. Vielleicht hat er dabei dann den Berger unterschätzt. Aus der Akte des LKA geht hervor, dass Berger ein skrupelloser Hund gewesen ist. Von einem Kreß hat der sich sicherlich nicht so einfach einschüchtern lassen. Wie das genau gelaufen ist im Hasenlager, werden wir nicht mehr herausfinden", berichtete Gerd Scheibler, da Matthias Zabert noch nicht ganz auf dem letzten Stand war.

„Und, was hat der Holzner genau beobachtet?"

„Ja, das ist ein Teil des Problems. Er ist im Prinzip erst dazu gekommen, als Kreß geschossen hat. Danach ist er gleich geflüchtet. Kreß hat ihn wohl überhaupt nicht bemerkt. Holzner kann daher auch nichts darüber sagen, wie Kreß später versucht hat, die Spuren zu verwischen. Und auch nicht wie Kreß das Gewehr entsorgt hat. Anscheinend hat er die Tatwaffe aber einfach nur in den Wald geschmissen, sonst hätte sie Brecht nicht so einfach finden können. Wie gesagt, der Hellste war Kreß nicht."

„Die Sache war einfach eine Nummer zu groß für ihn. Wenn er nach dem Berger-Mord einfach abgehauen wäre, würde er jetzt wahrscheinlich noch am Leben sein. Zumindest war er ja so schlau, das Versteck in der Jagdhütte zu finden."

„Zappa, das war ein Zufallstreffer, sage ich Euch. Glück hatte er damit aber auch nicht. Wie dem auch sei, so wie es aussieht, ist der Fall für uns damit so gut wie abgeschlossen", unterbrach Gerd Scheibler kurz das Gespräch, als die Bedienung ihm noch ein Stück Cappuccinotorte hinstellte.

„Den Eisch würde ich mir schon gerne vorknöpfen", fuhr er dann fort.

„Du hast ja gehört. Da hat der Innenminister seine Finger schon drin. Und die Kollegen vom LKA. Da kommen wir nicht ran."

„Hannes, da hast Du leider Recht."

„Wenn wir nicht mehr in der Hand haben, als eine herausgerissene Tagebuchseite, dann bekommen wir nicht einmal einen Termin bei seinem Anwalt, geschweige denn bei Eisch persönlich."

„Wir können es nicht ändern. Welchen Film wollt Ihr Euch eigentlich heute Abend anschauen, Gerd?"

„Zappa, das sage ich Dir erst, wenn ich wieder aus dem Kino draußen bin. Vorher ist mir das zu unsicher."

43

Stuttgart (17. April 2011)

„Was sollte ich denn tun? Diese Bürgerinitiative saß uns wegen der Umbenennung der Straße im Nacken. Wir hatten ein historisches Gutachten in Auftrag gegeben. Darin war unzweifelhaft belegt worden, dass mein Großvater bei Kriegsende unzähligen jüdischen Zwangsarbeitern das Leben gerettet hat, indem sie für ihn arbeiteten und nicht im Leonberg-Tunnel Me 262-Tragflächen bauen mussten. Und dann kommt dieser Berger daher und behauptet, er könne beweisen, dass mein Großvater ein Kriegsgewinnler und eiskalter Geschäftsmann gewesen sei. Er hat mir ein paar Seiten aus einem Tagebuch zugeschickt und wollte den Rest an die Zeitungen verteilen. Als ob das heute noch wichtig wäre. Bei dem Luftangriff ist damals mein Onkel Arthur ums Leben gekommen. Beim Versuch Juden aus dem brennenden Fabrikgebäude herauszuholen. Warum der Resch das in seinem Tagebuch anders darstellt, weiß ich nicht. Ich war nicht dabei. Vater hat immer gesagt, sein älterer Bruder sei damals umgekommen, weil er Juden retten wollte."

„War Ihr Vater bei dem Bombenangriff in der Fabrik mit dabei gewesen?", fragte Frank Reiser nach.

„Nein. Er war zu der Zeit schon zwei Jahre in britischer Kriegsgefangenschaft in einem Lager in Palästina gewesen. Seine Einheit gehörte zum Afrikakorps von Generalfeldmarschall Rommel. Beim Rückzug wurde er bei Bengasi verwundet und gefangen genommen."

„Und woher wusste er dann so genau, was in der Bombennacht passiert ist?"

„Mein Großvater hat ihm alles erzählt. Ich hab den Brief sogar noch, den er meinem Vater ins Lager geschrieben hat."

„Danke, Herr Eisch, dass Sie sich so viel Zeit für meine Fragen genommen haben", verabschiedete sich

Polizeidirektor Grieser zusammen mit Polizeioberrat Hartig von Erhard Eisch in dessen Villa in Stuttgart-Möhringen.

Karl Hartig war die ganze Zeit über bei dem informellen Gespräch dabei gesessen, ohne ein Wort zu sagen. Das war der Deal mit dem LKA gewesen. Der Ellwanger Polizeichef war überrascht gewesen, dass das LKA ohne Umschweife einen Gesprächstermin bei Erhard Eisch bekommen hatte und Horst Grieser ihn zu diesem Termin mitnehmen wollte.

Viel war dabei nicht herausgekommen. Offensichtlich hatte die Tatsache, dass alle Tagebücher zu Asche geworden waren, Erhard Eisch dazu veranlasst, die Gunst der Stunde zu nutzen, um auf die für ihn unangenehme Angelegenheit den Deckel wieder drauf zu machen. Der Innenminister hatte ihm zumindest zugesichert, dass der Fall damit geräuschlos abgeschlossen werden könnte. Erhard Eisch hatte ein großes persönliches und geschäftliches Interesse an Geräuschlosigkeit.

„Horst, wie geht es jetzt weiter?", fragte Karl Hartig seinen Kollegen und Freund.

„Karl, es gibt kein Weiter. Du hast gehört, was uns der Polizeipräsident vom Innenminister hat ausrichten lassen. Wir sprechen mit Eisch und wenn sich keine Verdachtsmomente erhärten, war es das mit Eisch. Du hast doch nicht ernsthaft geglaubt, dass Eisch uns ein Geständnis abliefert?"

„Nein, habe ich nicht. Also können wir uns maximal diesen Briem schnappen und ihn in die Zange nehmen."

„Karl, wovon träumst Du eigentlich nachts? Der wird vor Gericht beschwören, dass er seinen Chef nicht darüber informiert hat, was er gegen Berger unternehmen würde. Was soll er auch sonst sagen? Der verdient bei der WüAkk AG gutes Geld. Und er weiß, dass wir ihm und Eisch nichts anderes nachweisen können."

„Wahrscheinlich hast Du Recht, Horst."

44 Stuttgart (19. April 2011)

„Das schaffen wir nie rechtzeitig bis zum Einchecken!", erregte sich nun Ellen Steiger.

Beim Blick aus dem Fenster konnte sie schon die startenden und landenden Flugzeuge am Himmel sehen. Ungefähr fünfzehn Kilometer waren sie jetzt noch von der Autobahnabfahrt zum Stuttgarter Flughafen entfernt.

Einen Tag später als ursprünglich geplant, waren Ellen Steiger und Frank Reiser zu ihrer Namibiareise aufgebrochen. Polizeioberrat Hartig hatte darauf bestanden, dass Matthias Zabert sie zum Flughafen fahren sollte, da sie aufgrund der abschließenden Vernehmung Ellwangen nicht schon am Montag verlassen konnten.

„Das schaffen wir nie! Wir hätten doch mit dem Zug fahren sollen", kommentierte Ellen Steiger immer aufgeregter die letzte Verkehrsdurchsage von Radio 7.

Diese meldete soeben zum ersten Mal eine Vollsperrung auf der A 8 kurz vor der Abfahrt zum Flughafen Stuttgart infolge eines Unfalls und gab als Empfehlung, die Autobahn möglichst zu verlassen und den Bereich großräumig zu umfahren.

„Möglichst zu verlassen", war jetzt nur nicht mehr möglich, dass sie in das Stauende hineingeraten waren, kurz nachdem sie die Durchsage gehört hatten.

„Das ist doch ein Einsatz, Frank? Du kannst doch sicher bestätigen, dass es sich um einen Einsatz handelt, wenn man Dich danach fragt?"

„Klar doch, Zappa!"

Matthias Zabert aktivierte sogleich seinen Blaulichtbalken und schaltete das Martinshorn ein. Wie für Moses das Rote Meer, teilte sich nun für Matthias Zabert das Fahrzeugmeer auf der A 8. Zügig fuhr er nun durch die sich bildende Gasse. Den Kollegen an der Unfallstel-

le winkte er nur kurz freundlich zu, ohne jedoch anzu-
halten.

Pünktlich erreichten Frank Reiser und Ellen Steiger
ihren Flug mit Air Namibia. Matthias Zabert blieb noch
bis zum Abflug der Maschine und fuhr dann wieder
nach Ellwangen zurück.

„Ach, ich freue mich so auf Namibia", seufzte Ellen
Steiger, als die Maschine ihre Reiseflughöhe erreicht
hatte und sie die Sicherheitsgurte wieder lösen durften.

„Vier Wochen nur mit Dir. Ich bin so glücklich. Bist
Du auch glücklich, Frankie?", wollte sie jetzt von Frank
Reiser wissen.

„Ich bin ja schon froh, wenn es in Namibia nicht die
ganze Zeit regnet."

„Du Schuft!", sagte Ellen Steiger und küsste Frank
Reiser.

Vier Wochen später saßen sie im VW Bully von
Thomas Reiser, der seinen Bruder vom Stuttgarter
Flughafen abholte.

„97,59 Prozent hat er bekommen. Dafür war die
Wahlbeteiligung nur bei 29,02 Prozent", informierte
Thomas Reiser seinen Bruder während der Fahrt über
den Ausgang der Oberbürgermeisterwahl am Sonntag
zuvor.

„Ich hab doch gleich gesagt, dass gegen den Amtsinhaber schwer anzukommen sein wird. Das haben selbst
die großen Fraktionen im Stadtrat kapiert und keinen
eigenen Gegenkandidaten ins Rennen geschickt. Ellen,
da hättest Du auch alt ausgesehen, wenn Du doch angetreten wärst", stichelte Frank Reiser nun in Richtung
von Ellen Steiger.

„Dann war es ja doch richtig, statt Wahlkampf, mit
Dir in Urlaub zu fahren", entgegnete sie lachend.

„Der Urlaub muss ja richtig gut gewesen sein, so wie
Ihr Euch anhört."

„Tommie, ich kann nur sagen, phantastisch! Und das Wetter, herrlich!", antwortete Ellen Steiger als Erste.

„Namibia ist wirklich eine Reise wert. Die ersten beiden Wochen war das Wetter noch feucht und mild. Dann hat es aber angezogen. Tagsüber war es richtig schön sonnig und trocken. Nur nachts war es etwas kalt. Aber in der Lodge konnte man es gut aushalten. Warst Du am Grab von Lukas? Ich hab an ihn gedacht."

„Ja, ich war am Grab. Die Eltern von Pattie waren auch da. Und die Jungs vom Club. So wie jedes Jahr am 10. Mai. Es hat sogar an diesem Tag aufgehört zu regnen", antwortete Thomas Reiser.

Gegen 15.30 Uhr verließ Thomas Reiser an der Abfahrt Ellwangen die A 7 und lieferte seine Passagiere am Hotel zur alten Post in der Bahnhofstrasse ab.

„Danke, Tommie! Wir müssen mal einen Termin ausmachen, wo wir uns zusammen die Bilder aus Namibia ansehen können."

„Ja, können wir mal machen."

„Wie weit bist Du eigentlich mit der Ducati?"

„Seit letzter Woche läuft sie wieder. Steht da wie eine Eins. Bin schon ein paar Kilometer damit gefahren."

„Ich komme morgen zu Dir in die Werkstatt und schau mir die Ducati an", sagte Frank Reiser zum Abschied zu seinem Bruder.

Ellen Steiger stand die ganze Zeit vor dem Hoteleingang und blickte lächelnd über den Bahnhof hinweg zum blauen Frühlingshimmel hoch. Frank Reiser stellte sich ruhig neben sie und fasste ihre Hand.

„Bist Du glücklich, Frankie?"

„Ja, bin ich."

„Dann lass uns das Glück festhalten."

„Ich halte doch schon."

„Dann lass uns unsere Sachen hochbringen."

„Ja, das machen wir."

„Das klingt aber nicht sehr begeistert."

„JA, ICH BIN GLÜCKLICH MIT ELLEN!", brüllte er nun so laut, dass die wartenden Menschen an den Bushaltestellen vor dem Bahnhof wie an der Schnur gezogen alle gleichzeitig zu ihm herüber sahen.

„Begeistert genug, Ellen?"

„Frank Reiser, Du bist und bleibst ein verrückter Kerl!"

„Ich weiß nicht, was Du willst", antwortete er und küsste sie auf die Nasenspitze.

„Lass uns endlich hochgehen!"

--- ENDE ---

-Fortsetzung folgt-

Henry Gerhard

Richtplatz Keuerstadt

Ellwangen-Krimi (Band 3)

Oder lesen Sie den Bayerwald-Krimi

„Der Tod im Wald"

Leben und Sterben ist ein ewiger Zyklus in der Natur. Zacharias Steidler greift als Auftragsmörder Tango regelmäßig in dieses Naturgesetz ein. Sein nächster Auftrag führt ihn nach Viechtach, der Bayerwald-Stadt seiner Schulzeit. Als er bei einem Abiturtreffen an seiner alten Schule eine ehemalige Klassenkameradin auf seinem Auftragszettel stehen hat, ist er sich nicht mehr sicher, ob er noch auf dem richtigen Weg ist.

In seinem aktuellen Krimi schickt Henry Gerhard seinen Protagonisten auf ein Roadmovie durch Raum und Zeit. Die Leichen sind dabei nur ein Vehikel auf dem Weg durch das Innenleben eines Waldlers, dem die Heimat scheinbar abhanden gekommen ist.

Nach der „Wenger-Trilogie" und dem Ellwangen-Krimi „Keine Tapas an der Jagst" nun der fünfte Kriminalroman von Henry Gerhard, mit dem er dieses Mal das Waldgebirge an der bayerisch-böhmischen Grenze unter Spannung setzt.

© 2013

ISBN: 978-3-8482-6732-3